Simone Ehrhardt

Das wundersame Weihnachtsgeschenk

24 Hoffnungsgeschichten für den Advent

SCM Collection

SCM

Stiftung Christliche Medien

FSC www.fsc.org MIX Papier aus verantwortungsvollen Quellen FSC® C006701

Bodenborn 43 · 58452 Witten
Internet: www.scm-collection.de; E-Mail: info@scm-collection.de

Umschlaggestaltung: Yvonne Pils, Düsseldorf
Satz: Christoph Möller, Hattingen
Druck und Bindung: CPI – Ebner & Spiegel, Ulm
Gedruckt in Deutschland
ISBN 978-3-7893-9489-8
Bestell-Nr. 629.489

1. Dezember

Es ist Zeit, das erste Türchen zu öffnen, dachte er und sah zu dem bunten Adventskalender, den er geschenkt bekommen hatte. Welch nette Geste. Das kam so unverhofft. Er ging hinüber zu dem Tischchen, auf dem er den Kalender platziert hatte, und nahm ihn hoch. Es dauerte eine Weile, bis er die Eins gefunden hatte, doch dann öffnete er ohne weitere Umschweife den Pappverschluss und holte das kleine Stück Schokolade heraus, das sich dahinter befand. Es hatte die Form eines Tannenbaums. Die Schokolade war mit Nougat gefüllt, zerging süß und samtig auf der Zunge und schmeckte herrlich.

Er mochte es kaum zugeben, aber dieser Adventskalender war viel mehr als eine nette Geste und etwas zum Naschen. Es war der Beginn einer Hoffnung. Er hatte nicht damit gerechnet, war vollkommen überrascht gewesen. Dieses kleine Geschenk weckte einen ganz kleinen Glauben an Wunder. Und ein Wunder konnte er wahrlich brauchen, ein richtig großes Wunder. Er hatte schon lange nicht mehr gebetet, aber er wusste, dass er nun nichts anderes mehr tun konnte. Es lag in Gottes Hand.

Holprig kamen die Worte über seine Lippen, und langsam stellte sich ein vertrautes Gefühl ein.

Marc Auermann betrat das Zugabteil und wunderte sich sehr. Darüber, dass er einen Sitzplatz gefunden hatte, obwohl der Zug um diese Zeit immer proppenvoll war, und darüber, dass auf der kleinen Ablage ein zerfleddertes Buch lag. Sicher hatte es jemand dort liegen lassen. Marc nahm Platz und griff nach der Lektüre, die ihm ganz gelegen kam, denn er war den ganzen Tag an der Uni gewesen und hatte sich den Kopf mit Jura vollgestopft. Nun nahm er den Abendzug in seine Heimatstadt, wo er noch bei seinen Eltern wohnte. Es war zwar umständlich, weil er so viel unterwegs war, aber finanziell gesehen die günstigere Variante.

Bei dem Roman handelte es sich um einen Weihnachtskrimi. Wie passend, dachte sich Marc und blätterte unschlüssig durch die Seiten. Er hatte eine Stunde Zeit und auf Gesetzestexte und Fallerörterungen ganz sicher keine Lust mehr. Die Bahn setzte sich mit sanftem Ruckeln in Bewegung, und Marc sah vor dem Fenster ein paar kleine Schneeflocken fallen. Als der Zug die Stadt verließ, war er bereits auf Seite zwölf und völlig in die Geschichte versunken.

Der Krimi war unglaublich spannend und unterhaltsam, Marc vergaß völlig die Zeit und die Umgebung um sich her. Nur ganz weit weg schienen Menschen zu kommen und zu gehen, sich zu unterhalten; vereinzelt drangen Fetzen wie „eisig“ oder „Schneesturm“ an sein Ohr. Gelegentlich wurde er angeschubst, einmal etwas gefragt, doch er reagierte nicht. Marc stellte Theorien bezüglich der Lösung des Falles und des Mörders auf, rätselte, wägte ab, verwarf manches wieder und war sich auf Seite 253 ganz sicher, dass er wusste, wer es gewesen war. Doch als er schließlich am Ende des Buches alle Antworten hatte, war er absolut verblüfft. Unglaublich, dachte er, ich war die ganze Zeit auf der falschen Fährte!

Nur langsam kam er wieder in der Realität an, während er in die Nacht hinausstarrte. Schwerer Schnee kam in einem dichten Wirbel herunter und nahm ihm die Sicht, nur direkt vor dem Abteilfenster reflektierten die Flocken das Licht und formten psychedelische Muster. Wann hatte es denn angefangen, so stark zu schneien? Marc sah auf seine Uhr und bekam einen Riesenschreck. Er hatte fast drei Stunden lang gelesen! Wie hatte ihm das passieren können? Er hatte es total verpasst, rechtzeitig auszusteigen! Marc stöhnte so laut, dass die anderen Fahrgäste ihn verunsichert anstarrten. „Verzeihung“, sagte er errötend. „Welches war denn die letzte Haltestelle?“

„Weidenbach“, teilte ihm sein Sitznachbar mit.

Er musste aus dem Zug, und zwar schnell! Vielleicht hatte er Glück, und es kam bald eine Bahn, die ihn wieder zurückbrachte. Und wenn nicht, dann musste er sich wohl oder übel abholen lassen. Er wollte lieber nicht daran denken, was seine Eltern zu diesem Missgeschick sagen würden oder seine Freundin, mit der er – ein weiterer Blick auf die Armbanduhr – bereits vor einer halben Stunde verabredet war. Das war ihm alles sehr peinlich.

Gerade als er seine Jacke anziehen wollte, streckte ein alter Mann Hilfe suchend die Nase ins Abteil. Er war schlecht zu Fuß und schien nach einem Sitzplatz Ausschau zu halten, was um diese Zeit ohnehin ein aussichtsloses Unterfangen war. Dazu kam, dass der Mann so langsam ging, dass ihm jeder vielleicht doch noch verfügbare Platz schon mehrmals vor der Nase weggeschnappt worden wäre, bis er ihn erreicht hätte.

„Warten Sie", rief Marc, als der Mann weitergehen wollte. „Ich muss an der nächsten Haltestelle raus, Sie können meinen Sitz nehmen."

Das Gesicht des älteren Herrn leuchtete auf. „Wirklich? Das ist sehr freundlich von Ihnen, junger Mann."

„Keine Ursache. Und hier ist auch noch ein spannendes Buch, wenn Sie etwas lesen möchten." Mit einem vielsagenden Grinsen drückte Marc sich an den anderen Fahrgästen vorbei in den Gang hinaus.

„Eine frohe Adventszeit", rief ihm der Mann hinterher.

„Danke, Ihnen auch!" Mit einem angenehmen Gefühl tauchte Marc ein in die Menschenmenge, die den langen Gang bevölkerte, um sich zur Tür vorzuarbeiten.

2. Dezember

Im Frühstücksraum war auf der Anrichte ein Adventskranz platziert, die erste Kerze brannte. Theodor Fischer fand das grundsätzlich eine schöne Sache, war aber nicht mit ganzem Herzen dabei, während er die Dekoration betrachtete.

„Haben Sie gut geschlafen?"

Die Stimme direkt neben ihm ließ ihn beinahe einen Satz machen. Theodor klammerte sich an die Anrichte und versuchte, seinen Herzschlag in den Griff zu bekommen. Die Inhaberin der Frühstückspension sah ihn erwartungsvoll an. Nein, er hatte überhaupt nicht gut geschlafen. Er hatte kaum ein Auge zugetan vor lauter Nervosität. Aber wie sollte er ihr das mitteilen? Er wollte weder den Eindruck machen, sich beschweren zu wollen, noch lügen oder etwas erklären müssen.

„Ähm", machte er, um Zeit zu gewinnen, und noch während er sich ausführlich räusperte, wurde die Frau weggerufen an einen der Tische. Theodor atmete erleichtert auf und nahm sich einen Teller, um ihn am Frühstücksbüfett zu füllen.

Als er Platz genommen hatte, kam die Inhaberin zu ihm, um zu fragen, was er trinken wolle. Theodor bestellte Kaffee und die Dame eilte davon. Es war eine nette kleine Pension; auf den Tischen waren sogar weihnachtlich bestickte Tischdecken ausgebreitet und die Papierservietten waren bunt bedruckt mit Stechginsterzweigen. Eine kleine Bienenwachskerze brannte vor ihm und verströmte Honigduft.

„Haben Sie etwas Schönes vor heute?" Die Hauswirtin war zurück und hob die Kaffeekanne von ihrem Tablett, um ihm einzuschenken.

„Danke", sagte Theodor und überlegte erneut, was er der Frau sagen sollte. Er konnte ihr unmöglich die Wahrheit sagen, das wäre viel zu peinlich. Wieder waren da dieser erwartungsvolle Blick und ein mitfühlender Ausdruck im Gesicht der Dame. Das erlebte er öfter, seit er älter wurde – das und Ungeduld. Es gab viele Leute, die entweder mitleidig und gerührt waren, wenn sie ihn ansahen, aber auch viele, die barsch auf ihn reagierten, noch ehe er etwas gesagt oder getan hatte.

Das lag am Alter, da war er sich sicher, und dass er Probleme mit den Gelenken hatte, machte die Sache nicht besser.

„Ja, danke schön, ich habe den Tag voll verplant", antwortete Theodor schließlich und die Inhaberin zog zufrieden von dannen. Da saß er also in Lübeck und konnte es kaum glauben, dass er tatsächlich hergefahren war. Am Abend zuvor hatte er den Zug genommen, dank eines netten jungen Mannes sogar einen Sitzplatz bekommen und sich in der Pension „Edelweiß" einquartiert. Er hatte die Pension wegen ihres Namens ausgewählt, der so gar nicht zu Lübeck passte, und bisher hatte er seine Entscheidung nicht bereut. Alles war sauber und gemütlich, die Angestellten und die Betreiberin sehr freundlich, das Frühstück gut. Doch was dachte er sich nur dabei? Er benahm sich wie ein junger Spund, und das war unglaublich albern in seinem Alter!

Eine halbe Stunde später zupfte Theodor in seinem Zimmer seine Fliege zurecht, kämmte sich ein letztes Mal und machte sich auf den Weg zu seiner Verabredung. Ein Taxi brachte ihn zum Buddenbrookhaus. Als er ausgestiegen war, bezahlt hatte und sich dem weißen Haus zuwandte, sah er sie schon am Eingang stehen und warten. Wilhelmine! Sein Herz klopfte bis zu seinem Hals, während er langsam zu ihr ging. Tausend Gedanken jagten ihm auf dem kurzen Weg durch den Kopf. Sie war so schön, wie er sie in Erinnerung hatte. Hatte sie ihn schon erkannt? Würde sie enttäuscht sein? Wie hatte sie es geschafft, sich so viel Jugendlichkeit zu erhalten? Was sollte er nur mit ihr reden, nach all den Jahren – nein, Jahrzehnten! Es war so lange her, seit sie sich zum letzten Mal gesehen hatten, neunundvierzig Jahre, wenn er sich nicht verrechnet hatte.

„Theodor!" Die schlanke Frau mit den kurzen, weißen Haaren kam auf ihn zugelaufen, sobald sie ihn entdeckt hatte. „Du hast dich ja kaum verändert! Ich hätte dich überall wiedererkannt."

Das hatte doch eigentlich er sagen wollen! Wilhelmine fiel ihm um den Hals. Sie roch sogar noch wie damals, stellte er fest.

„Du bist unglaublich schön", entfuhr es Theodor, woraufhin ihm heiß wurde vor Verlegenheit. Wie konnte er nur so etwas sagen? Doch Wilhelmine lachte ihr angenehmes kleines Lachen, das er immer so an ihr geliebt hatte.

„Danke. Du hast nichts von deinem Charme verloren, wie ich sehe." Sie hakte sich bei ihm unter und zog ihn mit sich zu dem Haus. „Komm, sie haben gerade geöffnet. Du wolltest es dir doch schon immer mal ansehen, nicht wahr?"

Er nickte und freute sich, dass sie das nicht vergessen hatte. Zugleich fragte er sich, wieso er es in den zweiundsiebzig Jahren, die er am Leben war, nie geschafft hatte, das Buddenbrookhaus zu besuchen, obwohl er doch so gern davon erzählte, wie sehr ihn Thomas Mann und besonders „Die Buddenbrooks" interessierten.

Während sie durch die Ausstellung schlenderten und Wilhelmine muntere Kommentare abgab, versuchte Theodor, seine feuchten Handflächen zu verbergen und seine Nervosität zu bekämpfen. Er war überwältigt von Wilhelmine und davon, dass er nach all den Jahren noch immer diese Gefühle für sie hatte. Damit hatte er nicht gerechnet. Er fragte sich, ob Wilhelmine genauso empfand. Sie hatten beide schon ein langes Leben hinter sich, waren verheiratet gewesen, hatten Kinder bekommen, Enkelkinder, hatten gearbeitet, die Familie versorgt, die Kinder ziehen lassen, waren glücklich gewesen, hatten die Ehepartner verloren und lernen müssen, wieder alleine zu sein. Alles war wie weggewischt an diesem Dezembertag, als wären zwischen ihrem letzten Zusammensein und dem Heute nur ein paar Wochen vergangen. Wilhelmine, seine erste große Liebe. Theodor seufzte.

„Was ist los? Langweilst du dich?", erkundigte sie sich besorgt.

„Oh nein, ganz und gar nicht, es ist sehr interessant", beeilte Theodor sich zu erwidern. „Ich habe nur gerade an früher gedacht, wie es mit uns war und was wir alles erlebt haben." Er steuerte eine Bank an, auf der sie sich niederließen. „Wilhelmine, kommt es dir auch so vor, als wären wir gar nicht so lange getrennt gewesen?"

Sie erwiderte seinen Blick und lächelte. Tausend kleine Fältchen erschienen um ihre Augen. „Es ist seltsam, aber ja, gerade so kommt es mir vor. Wie kann das sein?"

„Ich nehme an, dass wir die Liebe, die wir einmal für jemanden empfunden haben, nie verlieren. Sie wird nur in einem Winkel des Herzens eingemottet, aber wenn man sie herausholt und abstaubt, dann funktioniert sie noch."

Wilhelmine senkte schüchtern die Augen. „Als du angerufen hast, um zu fragen, ob ich mich mit dir treffen möchte, und ich Ja sagte, kam ich mir vor wie eine Närrin."

„Das ging mir genauso. Du glaubst ja gar nicht, wie lange ich gebraucht habe, um deine Nummer zu wählen."

„Ich bin so froh, dass du es getan hast. Ich hätte vermutlich nicht den Mut dazu gehabt. Wer hätte gedacht, dass das Internet zu so etwas führen kann?" Sie spielte darauf an, wie sie sich gefunden hatten: in einem Internetforum, in dem man alte Bekannte suchen und finden konnte. Und das auch nur, weil sie beide einen Computerkurs für Senioren besucht hatten. Was für ein unglaublicher Zufall!

„Wilhelmine, ich habe etwas für dich", sagte Theodor und wusste, dass er gleich sehr rot werden würde, weil er das, was er jetzt tun wollte, noch nie für eine Frau getan hatte und äußerst peinlich fand. Er würde ein Gedicht aufsagen – ein Gedicht, wozu ihn ein Werbeplakat inspiriert hatte, das ihm während der ganzen Zugfahrt vor Augen gewesen war, da es sich seinem Sitzplatz gegenüber an der Abteilwand befand. Auf dem Plakat hatte gestanden: „Nur mit Wirlewu wird Weihnachten ein Fest." Wirlewu war der neue Markenname eines Herstellers von Dekoartikeln, und Theodor fand ihn einfach nur scheußlich, doch der Spruch hatte ihn nicht mehr losgelassen. Die ganze Nacht hatte er darüber gebrütet und Wirlewu durch Wilhelmine ersetzt: Nur mit Wilhelmine wird Weihnachten ein Fest. Er war ganz und gar kein Poet, aber dieses kleine Gedicht hatte unbedingt herausgewollt, und da war es nun:

„Es ist die Zeit der Wunder da,
ein Wunder ist's, dich heut zu sehn,
vergangen sind so viele Jahr',
seit wir mussten auseinandergehn.
Nun sitz ich hier und bin dir nah,
fühl' mich wie ein Vogel zurück im Nest.
Ich weiß es, seit ich dich vorhin sah:
Nur mit dir wird Weihnachten ein Fest."

Er hatte leise gesprochen, um unerwünschte Zuhörer zu vermeiden, doch Wilhelmine hatte offenbar jedes Wort verstanden. Tränen standen in ihren Augen und sie wirkte sehr bewegt. Sie griff nach seiner Hand. „Oh, Theodor, ich danke dir. Noch nie hat mir jemand ein Gedicht gewidmet! Das ist das romantischste Geschenk, das ich mir vorstellen kann. Ich würde sehr gerne Weihnachten mit dir verbringen, ich wüsste nichts, was ich mir mehr wünsche."

Theodor lächelte selig. Konnte man die Uhr um Jahrzehnte zurückdrehen? Oh ja, man konnte. Das würde eines der besten Weihnachtsfeste werden, da war er sich sicher. Wilhelmine hielt noch immer seine Hand, und da sie beide nicht mehr die Jüngsten und auch bei ihr die alten Gefühle noch vorhanden waren, machte sich Theodor augenblicklich daran, zu planen, wann der richtige Moment für den ersten Kuss wäre. Nicht ihr erster überhaupt, aber der erste ihrer neuen alten Liebe, und er wollte keine Zeit mehr verlieren.

3. Dezember

„Das ist mein Haargummi!“

„Pech gehabt, jetzt habe ich es!“

„Gib es sofort zurück!“

„Hol es dir doch!“

Wilhelmine war versucht, sich die Ohren zuzuhalten. Sie warf einen vorsichtigen Blick zu ihrem Sohn hinüber, um zu sehen, wie er das Chaos in seinem Haus verkraftete. Frieder saß gemütlich in einem Sessel und las Zeitung, er hatte offenbar sein Gehör abgeschaltet. Er war an die Streitereien seiner beiden siebzehnjährigen Töchter gewöhnt. Sie aber nicht. Wilhelmine eilte die Treppe hinauf zu den Zwillingen Lena und Marie.

„Wo liegt das Problem?“, erkundigte sie sich beherrscht. Vielleicht konnte man dem Ganzen mit Ruhe und Besonnenheit beikommen.

„Marie klaut immer mein Zeug!“, beschwerte sich Lena, woraufhin sich ihre Schwester auf sie stürzte und sie kräftig an den langen blonden Haaren zog. „Au, auuuuu! Lass los, dumme Kuh!“

„Schluss damit, alle beide. Und solche Ausdrücke will ich nicht hören!“ Wilhelmine beschloss durchzugreifen. „Marie, du gibst Lena ihre Sachen zurück. Lena, du hörst auf, so ein Theater zu machen. Warum seid ihr noch nicht fertig? Wir müssen gleich los. Sobald eure Mutter zurück ist, fahren wir.“

„Sie hat meine Frisur ruiniert“, heulte Lena los und stürzte ins Bad, um den Schaden zu begutachten.

„Heulsuse“, rief Marie ihr hinterher, doch sie erhielt keine Antwort und wandte sich ihrer Großmutter zu. „Ist doch wahr.“

„Wie weit bist du?“, hakte Wilhelmine nach und dankte im Stillen Gott für ihre guten Nerven.

„Fast fertig“, entgegnete Marie und deutete auf ihre Tasche. „Ich muss nur noch mal mit dem Haarspray über die Frisur gehen.“ Ihre Haare waren zu einem straffen Dutt gebunden, dessen Anblick allein Wilhelmine die Haarwurzeln kribbeln ließ, weil er aussah, als würde er dem Mädchen die Gesichtshaut nach hinten ziehen. Außerdem hatte sie bereits eine halbe Dose Haarspray auf ihrem Kopf verteilt, das ganze Haus roch danach. Sie streckte einen Finger aus, um die Festigkeit zu prüfen, doch ihre Enkelin duckte sich weg.

„Nein, nicht anfassen! Es sitzt alles perfekt, das muss so bleiben."

Wilhelmine seufzte und ging wieder nach unten. Sie ließ ihre Gedanken zum Vortag wandern und ein weiches, warmes Gefühl durchflutete sie. Sie war verliebt. Das wusste sie, seit Theodor ihr tief in die Augen geschaut und dieses Gedicht aufgesagt hatte. Der Tag war wie der Himmel auf Erden gewesen. Theodor war frühmorgens wieder nach Hause gefahren, doch sie hatten sich fest für Weihnachten verabredet. Wilhelmine fragte sich nur, wie sie ihrer Familie beibringen sollte, dass sie zum ersten Mal am Christfest nicht da sein würde. Sie hatte ihnen nichts von ihrem Rendezvous erzählt und fand auch jetzt, dass noch nicht der richtige Zeitpunkt gekommen war. Doch sie war froh um den Schatz, den sie in ihrem Herzen trug, denn er half ihr, dem Chaos des heutigen Tages relativ gelassen zu begegnen.

Die Mädchen kamen die Treppe herunter, beladen mit ihren vollen Taschen, in denen sie alles hatten, was sie für den Abend brauchten. Sie sahen in ihren Ballettkleidern aus wie Elfen – zart, beweglich, anmutig, liebreizend. Wenn sie sich nur auch so benommen hätten. Lena schmollte und Marie schnitt Fratzen. Ehe es zu einer Wiederaufnahme der Auseinandersetzung kommen konnte, ging die Haustür auf, und Dorothee, die Mutter der beiden, kam herein.

„Hallo, da bin ich. Können wir los?", fragte sie munter. Die Zwillinge stapften nach draußen, Frieder faltete die Zeitung zusammen und erhob sich. Wilhelmine war froh, dass sie endlich das Haus verließen.

Die Fahrt war geprägt von mehr Gezanke und Vermittlungsversuchen, Ermahnungen und Handgemenge auf der Rückbank. Wilhelmine schob es auf die Nervosität ihrer Enkelinnen. Sie hatten praktisch das gesamte Jahr geprobt, um heute den „Nussknacker" aufzuführen; es war also ein sehr wichtiger Abend. Die Stadthalle würde bis auf den letzten Platz besetzt sein, Presse und Lokalfernsehen wurden erwartet, außerdem der Oberbürgermeister und einige Prominente, denn die Ballettschule Celine hatte einen guten Ruf in Fachkreisen und war weithin bekannt für ihre professionellen Weihnachtsaufführungen.

Wilhelmine atmete erleichtert auf, als sie, ihr Sohn und ihre Schwiegertochter sich im Zuschauerraum einen Platz suchten. Sosehr sie die Zwillinge liebte – diese Streitereien waren mehr, als sie ertragen konnte. Sie freute sich jetzt auf eine angenehme Darbietung, die sie stolz genießen würde. Sie sah sich schon mal nach Leuten in ihrer Nähe um, denen sie später verraten konnte, dass das auf der Bühne ihre Enkelinnen waren – die zukünftigen Primaballerinas berühmter Tanzensembles.

Das Licht ging aus, der Vorhang öffnete sich lautlos, die Vorführung begann. Schwerelos schwebten die Darsteller über die Bühne, die mitreißende Musik erfüllte den Raum, das Orchester spielte umwerfend. Das Bühnenbild war opulent, die kleineren Eleven, die mittanzen durften, waren entzückend. Alles lief perfekt. Endlich kamen Lena und Marie heraus zum „Arabischen Tanz", jetzt gekleidet in seidenzarte Pluderhosen.

Wilhelmine beugte sich zu ihrem Sitznachbarn und flüsterte stolz: „Das da vorne sind meine beiden Enkelinnen. Sehen sie nicht wunderhübsch aus?" Sie strahlte den Mann an, der zurückhaltend nickte. „Sie sind ja so begabt!", fuhr Wilhelmine fort, ohne auf die Zwillinge zu achten. Der Mann nickte wieder und rückte ein Stück von ihr weg. Wilhelmine runzelte die Stirn und sah wieder zur Bühne.

Schon auf den ersten Blick erkannte sie, dass etwas nicht stimmte. Marie und Lena tanzten vorne, während zwei andere Mädchen dahinter ein großes Tuch festhielten, unter dem sich eine fünfte Tänzerin verbarg. Aus Maries zugeklebter Frisur hatten sich kleine Strähnen gelöst, Lena wirkte atemlos. Alle Aufmerksamkeit war auf die beiden gerichtet, bis die beiden anderen Tänzerinnen das Tuch lüfteten und die am Boden kauernde Ballerina zum Vorschein kam. Lena und Marie griffen sich je einen Zipfel des Tuches. Gerade als sich das fünfte Mädchen aufrichtete, ließ Lena das Tuch los. Es wehte sanft zu Boden, der Tänzerin in der Mitte zwischen die Füße, die daraufhin stolperte und stürzte. Ein erschrockenes Raunen ging durchs Publikum. Das Mädchen richtete sich rasch auf und fand ohne Probleme in den Tanz zurück. Lena angelte derweil nach der Tuchecke, die sich immer wieder ihrem Griff entzog, weil die anderen drei ihre Bewegungen weiterhin wie geplant vollführten. Endlich erwischte sie den Stoff.

Während die vier Tuchträgerinnen reglos verharrten, schoss Marie Blicke wie Pfeile auf ihre Schwester, weshalb sie ihren Einsatz verpasste. Wilhelmine rutschte etwas tiefer in ihrem Sitz. Erneut wurde das Tuch hochgewirbelt, und erneut entglitt es Lena. Sie stöhnte verzweifelt und gut hörbar, sah auf ihre Hand und rieb sie heftig an ihrer Hose ab. Mit einem unmissverständlichen Geräusch zerriss der dünne Stoff der Länge nach und gab Lenas Knie frei. Die Ballerina im Vordergrund vollführte eine Drehung auf einem Bein.

„Das ist nur deine Schuld!“, jaulte Lena auf und angelte nach dem Tuch. Dabei stieß sie versehentlich das Mädchen vor ihr an, das erneut hilflos zu Boden stürzte. Im Hintergrund betraten weitere Tänzerinnen die Bühne und wirkten orientierungslos. Wilhelmine war sich sicher, dass sie hätten tanzen sollen, doch sie schienen ihren Einsatz verpasst zu haben. Das Orchester spielte unbeirrt weiter die ruhige Melodie.

Lena wollte dem Mädchen, das am Boden lag, helfen und ging zu ihr. Marie gab den Tanz nun auch auf und trat zu den beiden. Während sie gemeinsam der Ballerina auf die Beine halfen, rutschte Marie in ihren Spitzenschuhen aus und schlitterte ein Stück vorwärts, landete auf ihrem Hintern und fiel dann mit einem lauten Krachen in den Orchestergraben. Die Geigen gaben ein jämmerliches Quietschen von sich, dann verstummte die Musik. Madame Celine kam wutentbrannt auf die Bühne gestürzt, Frieder und Dorothee eilten nach vorne, um nach ihrer verunglückten Tochter zu sehen, und Wilhelmine nutzte die Gelegenheit, um sich davonzustehlen.

Später am Abend, als Lena und Marie todunglücklich und beschämt in ihren Betten lagen, betrat Wilhelmine das Zimmer der beiden. „Na, ihr zwei, wie geht es euch?“ Sie brauchte keine Antwort, die Mädchen hatten verheulte Gesichter und rote Nasen. „Ich weiß, das kommt euch jetzt wie der Weltuntergang vor, aber in ein paar Jahren könnt ihr sicher darüber lachen“, versuchte sie, die beiden zu trösten.

„Lachen?“, näselte Lena erstickt. „Madame Celine hat uns rausgeworfen. Wir können uns nirgendwo mehr blicken lassen.“

„Keine Ballettschule der Welt wird uns mehr aufnehmen“, bestätigte Marie schniefend.

Wilhelmine setzte sich auf den Rand ihres Bettes. „Ich möchte euch etwas geben. Bis jetzt habe ich es nicht geschafft, mich davon zu trennen, denn es hat eurem Großvater gehört. Ich weiß, er hätte gewollt, dass ihr es bekommt, doch ich konnte es einfach nicht, ich habe ihn so schrecklich vermisst. Doch jetzt ...“

Sie hielt inne. „Heute ist ein besonderer Tag, für euch und auch für mich. Deshalb glaube ich, dass nun der richtige Zeitpunkt gekommen ist.“ Wilhelmine reichte jeder einen kleinen Gegenstand. „Das sind zwei Murmeln. Wertvoll sind sie nicht, aber sie haben eurem Großvater sehr viel bedeutet. Als Junge hat er sie von einem französischen Soldaten geschenkt bekommen. Wie es dazu kam, ist eine andere Geschichte, aber die Murmeln waren immer eine Erinnerung an Freundschaft, Hoffnung und Versöhnung für ihn, und ich hoffe, das werden sie auch für euch sein. Denkt an diesen Tag, wenn ihr die Murmeln betrachtet, und an das, was wirklich wichtig ist.“

„Erzählst du uns die Geschichte, wie Opa die Murmeln bekam?“, bat Marie.

Wilhelmine nickte. „Ganz bestimmt, aber nicht mehr heute.“

Leise schloss sie die Tür hinter sich. Wenn sie ihren Enkelinnen von Theodor erzählte, würde sie ihnen auch von den Murmeln und ihrem Großvater berichten, denn das alles gehörte irgendwie zusammen. Und sie würde nicht bis Weihnachten damit warten.

4. Dezember

Die Tage vergingen unglaublich schnell, und er dachte oft an sein Gebet. Es blieb nicht mehr viel Zeit. Hatte Gott ihn wirklich gehört? Kümmerte es ihn überhaupt, was ein kleiner Mensch wie er brauchte? Vielleicht aber hatte Gott auch ganz andere Ansichten über das, was richtig war. Weihnachten kam so rasch näher.

Auf seinem Adventskranz brannte heute die zweite Kerze. Dass er sich einen Adventskranz gekauft hatte, grenzte an ein kleines Wunder. Er hatte sonst nicht viel übrig für Weihnachtsbräuche und festliche Stimmung. Nachdenklich sah er in eine der kleinen, leicht flackernden Flammen. Es war Sonntag. Dieses Jahr schien alles anders zu sein. Warum also nicht einmal wieder in die Kirche gehen? Er sah auf die Uhr. Er musste sich beeilen, aber er konnte es noch schaffen. Er holte tief Luft und blies die Kerzen aus.

Zwanzig Minuten später drückte er die schwere Holztür auf und betrat leise die Kirche. Der Gottesdienst hatte bereits begonnen. Es war ein Familiengottesdienst, viele Kinder saßen in den vorderen Reihen. Er glitt unauffällig in die letzte Sitzbank und blieb außer Atem ganz am Rand sitzen. Gerade ging eine Frau nach vorne, um den Kindern etwas zu erzählen. Er war gespannt, worum es in der Geschichte ging. Die Frau sah bedeutungsvoll auf ihre kleinen Zuhörer, holte tief Luft und begann.

Ich wollte es nicht glauben und Joey eigentlich erst recht nicht. Ich meine, mit zwölf ist man schon aufgeklärt, was den Weihnachtsmann, die fliegenden Rentiere, Elfen und sonstige Gestalten angeht, oder? Joey war sich ganz sicher, dass es so etwas gar nicht gibt, weil seine Eltern die Geschenke besorgten und unter den Baum legten; er hatte sie ja dabei beobachtet. Schon seit Jahren wusste er, dass das alles nur Märchen für kleine Kinder sind. Daher war es eigentlich ein sonderbarer Zufall, dass Joey dieses Mal am Tag vor Weihnachten nachts runter ins Wohnzimmer schlich, als seine Eltern endlich im Bett waren und tief und fest schlummerten.

Es war stockfinster, aber Joey wollte kein Licht anmachen. Ich weiß immer noch nicht, was er da überhaupt zu suchen hatte; es wäre doch besser gewesen, er wäre im Bett geblieben. Trotzdem wickelte er sich in die Wolldecke und legte sich aufs Sofa, um zu warten. Er hörte, wie die alte Uhr im Flur Mitternacht schlug, dann halb eins, dann eins ... Um ein Haar wäre er eingeschlafen und riss erschrocken die Augen auf. Erst dachte er, er hätte wohl geträumt, aber als er ein paar Mal geblinzelt hatte und wusste, dass er wach war, da war das kleine Licht immer noch da. Ein kleines Licht aus einer kleinen Laterne. Joey wickelte sich vorsichtig aus der Decke und krabbelte auf das Leuchten zu. Es kam aus dem Stall der Krippenszene, die sie jedes Jahr unter dem Baum aufstellten. Ganz leise näherte sich Joey auf allen vieren und legte sich dann auf den Bauch, um besser hineinsehen zu können.

Josef stand im Stall und hielt die lichterfüllte, kleine Laterne in der Hand. An seinem Hut fehlte ein Stück; das war letztes Jahr beim Einpacken abgeplatzt, als er runtergefallen und am Stuhl abgeprallt war. Zuerst machte Josef gar nichts und stand wie immer nur reglos da, aber dann bewegte er sich. Ja, wahrhaftig, er bewegte sich! Er ging um Maria herum und leuchtete das Jesuskind an, das in der kleinen Krippe aus Holz lag. Maria deckte das Kind zu und breitete noch etwas Stroh über die Decke, um die Wärme zu halten. Das Stroh hatten Joeys Eltern vom Nachbarn, der Hasen hielt und ihnen immer etwas abgab, damit sie ihre Krippe ausstaffieren konnten.

Dann kam noch mehr Leben in die Szene, denn die Hirten mit ihren Schafen lösten sich von ihren Klebstoffkissen und kamen in den Stall hinein. Sie bestaunten das Kind und warfen sich auf die Knie vor ihm. Josef ging zwischen ihnen hin und her und schwenkte seine Laterne. Maria schien sich zu freuen, jedenfalls lachte sie, und das Kind krähte ein bisschen und fuchtelte mit den winzigen Händchen unter der Decke herum.

Dann geschah etwas Eigenartiges. Na gut, das alles war schon merkwürdig genug, aber immerhin waren es die Figuren aus ihrer Krippe. Aber nun kam mit einem Mal ein Stern herbeigetanzt. Er schien direkt aus dem Nachthimmel durchs Fenster gefallen zu sein. Er war zwar nur winzig klein, aber er strahlte sehr hell und tauchte alles in ein weißes Licht. Der Stern zog seine Bahn durchs Wohnzimmer, kreiste einmal um den Weihnachtsbaum und setzte sich schließlich oberhalb der Krippe in einen Ast. Kaum stand er still, da kamen die Weisen aus dem Morgenland hereinspaziert. Normalerweise waren sie neben der Krippe auf der Holzplatte festgeklebt, aber jetzt kamen sie aus einer ganz anderen Ecke des Zimmers und gingen schnurstracks zum Stall. Als sie sahen, dass der Stern den Stalleingang beleuchtete, gab es ein großes Hallo und dann kein Halten mehr. Sie stolperten in den Stall hinein, warfen sich auf den Boden und waren außer sich vor Freude. Josef bot ihnen allen Wasser und Brot an, und im Austausch überreichten sie ihm ein paar glänzende, wunderschön eingepackte Geschenke für das Kind.

Auf einmal war das ganze Wohnzimmer mit einem lieblichen Gesang erfüllt. Joey konnte nicht sagen, woher er kam, er schien aus allen Richtungen gleichzeitig zu kommen, aber er war das Schönste, was er je gehört hatte. Der Klang und die Worte trieben ihm die Tränen in die Augen, und das will etwas heißen bei einem zwölfjährigen Jungen, der nicht mehr wegen jeder Kleinigkeit heult! Und als er sich umsah, waren da unzählige Engel im Wohnzimmer und sangen. Es war alles hell erleuchtet, sodass er sogar die Buchtitel in den Regalen lesen konnte. Er musste erst mal die Augen zusammenkneifen, weil er so geblendet war.

Als die Uhr im Flur zwei schlug, war es so dunkel und still wie zuvor. Joey lag eine Weile wie betäubt auf dem Teppichboden vor der Krippe und wartete, aber es geschah nichts mehr. Um drei Uhr ging er schließlich ins Bett, aber viel geschlafen hat er nicht in dieser Nacht. Er war sehr aufgeregt und dachte darüber nach, ob seine Eltern ihm glauben würden, wenn er ihnen erzählte, was er erlebt hatte. Nun, ich kann es euch auch nicht sagen, aber als Joey mir am nächsten Tag davon erzählte, habe ich ihm sofort geglaubt. Joey ist kein Junge, der sich so etwas nur ausdenken würde. Vielleicht bleibe ich nächste Weihnachten selbst auf und schleiche mich ins Wohnzimmer. Es wäre doch möglich, dass sich das alles wiederholt."

5. Dezember

Kann ich Ihnen noch etwas bringen?“, erkundigte sich Frau Senturk, die Türklinke schon in der Hand.

„Nein, lassen Sie mich alleine.“ Madame Celine – geborene Sabine Schulze – warf ihrer Haushälterin einen ärgerlichen Blick hinterher. Sie wollte niemanden sehen und war für keinen zu sprechen. Sie versuchte noch immer, die Blamage vom Samstag zu verkraften, diese unglaubliche Peinlichkeit, doch sie wusste, dass sie niemals darüber hinwegkäme. Niemals! Sie war zum Gespött der Tanzwelt geworden. Ihr Name war von nun an für immer verbunden mit dem Nussknacker-Desaster. So hatte es die Zeitung genannt: das „Nussknacker-Desaster“. Und das hatte sie nur diesen unsäglichen Zwillingstrampeln zu verdanken!

Zornig sah sie zu dem Tisch mit dem Adventsgesteck hinüber, das ihre Haushälterin dort hingestellt hatte. Gestern noch waren die beiden Schuldigen angekrochen gekommen, hatten etwas von Missgeschicken und Versöhnung erzählt, ihr das Gesteck in die Hand gedrückt und tausend Mal um Verzeihung gebeten. Celine war so aufgebracht gewesen, dass sie um ein Haar ihren französischen Akzent vergessen hätte, als sie den beiden unmissverständlich klarmachte, dass kein Weg zurück in ihre Tanzschule führen werde. Die beiden hatten ihr zwei Murmeln gezeigt, etwas Merkwürdiges von ihrem Großvater erzählt und sie dazu gebracht, sich zu fragen, ob die Mädchen womöglich eine Schraube locker hätten. Wie begossene Pudel waren Lena und Marie abgezogen, aber sie hatten sich das selbst zuzuschreiben. Sie, Celine, war schließlich das Opfer hier! Die Zwillinge würde man vergessen, doch an ihren Namen würde man sich stets erinnern. Wie ungerecht, dass sie den Rest ihres Lebens unter den Fehlern anderer leiden sollte!

Celine näherte sich dem Adventsgesteck. Sie verspürte große Lust, die Glaskugeln zu nehmen und an die Wand zu schmettern. Vielleicht sollte sie das ganze Ding einfach in den Müll befördern. Dieses Gestrüpp machte alles nur noch schlimmer, es hielt ihr die Blamage ständig vor Augen und erinnerte sie beharrlich an die beiden Mädchen, diese nichtsnutzigen Elefantennaturen. Sie zog an einem der Tannenzapfen und zerrte ihn heraus. Einige Zweige lockerten sich dadurch und fielen auf den Tisch.

Die Tür ging auf, gerade als Celine genüsslich den Zapfen zerpflückte.

„Was ist?", fuhr sie ihre Angestellte an, die gleich wieder verschwand und jemanden ins Zimmer schob. Leise schloss sich die Tür hinter der Person, und Celine sah sich etwas Unbekanntem gegenüber. Was um alles in der Welt war das? Es schien männlich zu sein, hatte lange, zottelige Haare und trug zerfetzte Jeans, löchrige Turnschuhe und eine fransenbehangene, unglaublich speckige, fleckige Lederjacke. Ein Müffeln breitete sich in dem klinisch sauberen, mit Designermöbeln bestückten Edelwohnzimmer aus. Celine verzog angewidert das Gesicht. „Was haben Sie hier zu suchen?"

Ihr Gegenüber zuckte mit den Schultern. „Die Frau hat mich reingelassen."

Celine machte sich in Gedanken einen Vermerk, ihrer Haushälterin eine Abmahnung zu geben. „Was wollen Sie?"

Der junge Mann kam mit ausgestreckter Hand auf sie zugeschossen. „Ich bin der Markus und wollte mich mal vorstellen. Meine Band probt ab jetzt nebenan."

Celine nahm die dargebotene Hand nicht und konnte nur mit Mühe ein Schütteln unterdrücken. „Was soll das heißen?", entgegnete sie kühl.

Markus zog seine Hand wieder ein und zuckte noch einmal verlegen mit den Schultern. „Na ja, dem Winni seine Eltern haben uns erlaubt, in ihrem Keller zu proben, und wir haben uns gedacht, wir sagen mal besser den Nachbarn Bescheid. Wir haben uns aufgeteilt, und Sie haben nun eben mich erwischt."

Celines Inneres wehrte sich mit Händen und Füßen gegen diese Neuigkeit. „Proben? Was wollen Sie denn proben? Musik?"

Der langhaarige Mensch nickte eifrig.

„Und welche Art von Musik? Tschaikowski? Mozart? Rachmaninow? Oder etwa Schubert?" Sie zog missbilligend die Augenbrauen in die Höhe.

„Nee, Rock natürlich. Nicht so 'n langweiliges Zeug."

„Aber das ist doch keine Musik!“ Celine fühlte sich einer Ohnmacht nahe und ließ sich auf den nächsten Stuhl sinken.

„Jedenfalls, warum ich also auch noch hier bin“, fuhr Markus fort, ohne ihren Zustand zur Kenntnis zu nehmen, „wir bräuchten noch ’n Verlängerungskabel. Haben Sie so was?“

Celine gewann langsam ihre Fassung wieder. Was hatte sie nur getan, um so bestraft zu werden? Erst das Nussknacker-Desaster und nun auch noch eine Rockband im Nachbarhaus! „Tut mir leid, ich werde Ihr Vorhaben auf keinen Fall unterstützen. Ich weigere mich, Ihrer ‚Band‘ irgendwelche Hilfeleistungen zukommen zu lassen. Es ist einfach unglaublich, dass Sie hier, in einem reinen Wohngebiet, vorhaben, Lärm zu machen. Eins kann ich Ihnen versprechen: Wenn ich auch nur ein einziges Mal mitbekomme, dass Sie ungehörigen Radau machen oder außerhalb der zulässigen Zeiten spielen, werde ich Sie anzeigen! Und mit Winnis Eltern werde ich noch ein Wörtchen zu reden haben.“

Sie schwang ihren geschmeidigen Körper in die Höhe und bewegte sich entschlossen auf den Eindringling zu. „Haben wir uns verstanden?“, zischte sie.

Der Musiker wich zurück und nickte zaghaft.

„Und jetzt gehen Sie!“, befahl Celine.

Der junge Mann gehorchte, doch als er schon fast aus dem Zimmer war, wandte er sich noch mal um. „Sind Sie sicher? Ich meine, es ist doch fast Weihnachten und so, da hilft man sich doch gerne mal ...“

Celine griff nach dem Tannenzapfen und warf. „Ich gebe Ihnen Weihnachten! Hier ist schon mal ein kleines Geschenk für Sie!“, brüllte sie.

Das langhaarige Etwas brachte sich schleunigst in Sicherheit. Celine stand da und atmete durch. Ein Wutanfall würde sie jetzt nicht weiterbringen. Sie musste sich genau überlegen, was zu tun war. Das konnte jedenfalls nicht geduldet werden!

Frau Senturk linste aus der Küche. „Einen Moment“, flüsterte sie, als der junge Mann an ihr vorbei auf die Haustür zueilte. Er hielt inne und sah sie verwundert an.

„Warten Sie.“ Die Haushälterin verschwand kurz und kam dann zu ihm in den Flur, in der Hand ein Verlängerungskabel. „Hier, nehmen Sie das. Ich brauche es nicht, Sie können es ruhig behalten."

„Echt jetzt?"

Sie nickte, der Musiker fing an zu strahlen. „He, voll nett. Ich dachte schon, aus unserer Probe wird heute nichts." Er überlegte. „Aber kriegen Sie deswegen keinen Ärger?"

„Kein Problem. Das wird schon."

Er nickte anerkennend. „Vielen Dank. Und eine schöne Weihnachtszeit!"

„Ihnen auch." Sie sah ihm nach, bis die Tür hinter ihm ins Schloss gefallen war.

6. Dezember

Es lief zum ersten Mal richtig gut, bis das Schlagzeug mitten im Song aus dem Takt geriet und alle von „The Big Crash“ durcheinanderbrachte. Geschlafen hatten sie kaum, eigentlich befanden sie sich immer noch in der Probe, die sie am Vorabend begonnen hatten, der ersten und einzigen Probe vor ihrem ersten – und hoffentlich nicht einzigen – Auftritt.

„Oh Mann, Karsten, was ist denn los? Das war ja total daneben“, beklagte sich Sina, die Frontfrau, die jetzt ungeduldig mit den Fingern auf dem Mikrofon trommelte.

„Tut mir leid, ich bin nur so müde. Wir proben seit hundert Stunden oder so.“ Der Schlagzeuger erhob sich von seinem Hocker und streckte sich ausgiebig, dabei gähnte er herzhaft und ungeniert.

„Machen wir eine Pause“, meinte nun auch Winni, der Bassist. „Mir kommt ‚Schneeflöckchen, Weißröckchen‘ schon zu den Ohren heraus!“

„The Big Crash“ probte in Winnis Keller, und es hatte im Laufe der Nacht vereinzelte Beschwerden aus der Nachbarschaft gegeben, ganz besonders von der Frau nebenan, aus deren Haushalt das Verlängerungskabel stammte, das die Vorbereitung auf das große Konzert überhaupt erst möglich gemacht hatte. Sie hatten die Klagen entgegengenommen und die Nachbarn damit vertröstet, dass sie jeden Punkt gewissenhaft notieren und an Winnis Eltern weiterreichen würden, sobald diese aus dem Urlaub in der Karibik zurück waren. Markus legte seine Gitarre weg und ordnete in seiner Eigenschaft als Bandleader eine Pause an. Es war sicher eine gute Idee, etwas zu frühstücken und sich zu stärken, ehe sie in zwei Stunden in der Turnhalle sein mussten. Von ihnen ging keiner mehr zur Schule, doch der denkwürdige erste Gig der neuen Rockband sollte auf der Nikolausfeier einer Grundschule stattfinden. Sie hatten versprochen, Weihnachtslieder zum Besten zu geben, und stellten sich motiviert der Herausforderung, „Ihr Kinderlein kommet“, „Schneeflöckchen, Weißröckchen“ und „Morgen, Kinder, wird's was geben“ in Rocksongs umzuformen.

„Hey, Leute, was ist das denn?“, fragte Winni, als sie aus dem Keller über die Treppe nach oben gestiegen waren und in die Küche strömten, um dort etwas Essbares zu suchen. Er deutete auf eine Platte mit einem Kuchen, die auf dem Esstisch stand.

„Wie sieht es denn aus?“, spöttelte Sina.

„Findet ihr es nicht auch komisch, dass hier so was steht? Den hat keiner von euch mitgebracht, ich hab ihn nicht gebacken, und meine Eltern sind in der Karibik“, gab Winni beleidigt zurück.

Nun kreisten sie das verdächtige Gebäck ein, um es nachdenklich zu betrachten. Der Kuchen war sternförmig, ihn zierte ein rosa Zuckerguss und er roch ganz frisch nach Gewürzen. Die Platte, auf der er sich befand, war dunkelgrün mit einem zarten roten Karomuster.

„So einen haben wir gar nicht“, stellte Winni fest und deutete auf den Teller.

„Hat vielleicht jemand einen Schlüssel zu eurem Haus?“, mutmaßte Karsten.

Doch Winni verneinte. „Ich bin doch da, wozu bräuchten die Nachbarn einen Schlüssel? Ich muss mich um alles kümmern. Ich muss sogar einkaufen und mir selbst etwas zu essen machen!“ Das Entsetzen angesichts seiner Situation war aus seiner Stimme zu erahnen.

„Ich habe Hunger“, meinte Sina ungerührt. „Schneiden wir ihn nun an oder was?“

„Hältst du das für schlau? Was, wenn der Kuchen vergiftet ist?“ Markus trat einen kleinen Schritt zurück und rümpfte die Nase.

„Mir doch egal“, entgegnete Sina und machte sich auf die Suche nach einem Messer. Als sie fündig geworden war, schnitt sie sich ein großes Stück ab und legte es auf einen Teller. Sie ließ sich auf einem Stuhl am Esszimmertisch nieder und biss beherzt zu.

„Hmmm, is dr lckrrr ...“, mampfte sie begeistert. Das war das Zeichen für die anderen, es ihr gleichzutun. In kürzester Zeit war nichts mehr von dem Adventsgewürzkuchen zu sehen, nur ein paar kleine Krümel waren auf der Platte übrig geblieben.

„Wir sollten weiterspielen“, versuchte Markus, seine Band zum Aufstehen zu bewegen, obwohl er selbst sehr müde und träge war. „Nur noch eineinhalb Stunden bis zum Aufbau, Leute. Uns bleiben knapp sechzig Minuten, dann müssen wir unseren Kram packen und losfahren."

Die Begeisterung hielt sich in Grenzen, doch alle vier rafften sich auf, um wieder in den Keller zu gehen. Als Karsten am Fuß der Treppe die Tür zum Probenraum öffnete, entfuhr ihm ein überraschtes Keuchen.

„Was ist los?", fragte Winni, der hinter ihm ging. Karsten sagte nichts, sondern machte Platz für die anderen. Gemeinsam standen sie am Eingang und sahen auf die Bescherung. Jemand hatte vier Schuhe mitten in den Raum gestellt, genauer gesagt waren es Gummistiefel, zwei neue Paare. Jeder der Stiefel war bis zum Rand gefüllt mit Süßigkeiten, Nüssen und Früchten.

„Das gibt es nicht", meinte Winni, „das ist unmöglich. Niemand kann hier hereingekommen sein. Es gibt keinen anderen Eingang als diesen, und wir hätten es auf jeden Fall gesehen, wenn jemand in den Keller gegangen wäre. Und von uns kann es auch keiner gewesen sein, denn wir saßen die ganze Zeit zusammen am Tisch!"

„Vielleicht gibt es eine versteckte Tür oder einen Geheimgang?", überlegte Markus laut.

„Ja, wir sollten alles absuchen", stimmte Sina ein und wollte sich schon an die Arbeit machen.

„Das geht nicht, das müssen wir auf später verschieben. Wir haben nicht mehr viel Zeit, und unsere drei Songs klingen noch nicht gut genug", widersprach der Bandleader. Die anderen nickten enttäuscht.

„Was machen wir mit dem Zeug?", erkundigte sich Karsten, der dachte, er finde in seinem Magen ganz sicher noch Platz für einen oder zwei Zimtsterne. Er sah eine kleine Tüte mit Weihnachtsplätzchen aus einem der Stiefel lugen.

„Ist doch klar: Wir sind vier und da sind vier Stiefel, also bekommt jeder einen", meinte Sina, die wie schon bei dem Adventskuchen keine Berührungsängste zu haben schien. Sie suchte sich einen der Stiefel aus und nahm ihn an sich. Neugierig wühlte sie sich durch die Leckereien.

„Oh, hey, da ist eine Karte drin!" Sie fischte danach und zog sie heraus. „Alles Liebe vom Nikolaus", las sie vor, dann sah sie fragend die anderen an. „Der Nikolaus?"

„Da will uns jemand an der Nase herumführen. Ist das hier ‚Verstehen Sie Spaß?'?" Karsten spähte in die Ecken, um etwaige verborgene Aufnahmegeräte zu entlarven.

„Wir müssen üben!", mahnte Markus, und gehorsam nahmen die anderen ihre Positionen ein.

Der erste Durchgang von „Ihr Kinderlein kommet" war ziemlich schrecklich, als hätten sie alles wieder vergessen, was sie sich in den letzten Stunden erarbeitet hatten. Beim zweiten Versuch klappte es besser, auch die anderen beiden Stücke ließen hoffen, dass der erste Gig ihres Lebens ein Erfolg werden würde. Immerhin, ihr Publikum war eine große Schar von Grundschülern, Lehrern und ein paar Eltern; so viele Zuhörer hatten nur wenige Bands gleich bei ihrem ersten Auftritt.

„Sag mal, die wissen doch, dass wir eine Rockband sind, oder?", erkundigte sich Sina, als sie ihren Kram zusammenpackten und nach oben schleppten, um ihn in ihre Autos zu verladen.

„Klar wissen die das", bekräftigte Markus. Er griff nach einigen Flyern, die er auf dem Beifahrersitz liegen hatte. „Die habe ich gestern bekommen." Er hielt Sina einen hin.

„‚The Big *Trash*?", schrie sie aufgebracht.

„Was?" Der Bandleader sah genauer hin. „Oh, hoppla, das habe ich gar nicht bemerkt. Ist wohl ein kleiner Schreibfehler ..."

„Klein?" Sina war sauer, und das ganz unverhohlen. Sie stapfte davon, um den Flyer den anderen zu zeigen.

„Also, ich hoffe, die wissen, was wir für Musik machen ...", murmelte Markus ihr hinterher.

Ein paar Süßigkeiten aus den Gummistiefeln beruhigten die Gemüter schnell wieder; schließlich konnte man ohnehin nichts mehr an den Flyern ändern. Die Instrumente und das gesamte Zubehör waren verstaut und Karsten und Sina fuhren vor zur Grundschule. Winni wollte eben die Tür abschließen, als Markus einfiel, dass er seinen Stiefel im Keller gelassen hatte.

„Fahr doch schon, ich muss auch noch aufs Klo. Ich geb dir nachher den Schlüssel zurück", versprach er Winni, der es eilig hatte, ebenfalls loszufahren.

Nach kurzem Zögern willigte Winni ein. „Na schön, aber ich will keine weiteren Überraschungen im Haus finden, wenn ich später zurückkomme!“

„Versprochen!“

Winni drückte Markus den Hausschlüssel in die Hand. Der Gitarrist tat, was er tun musste, schlug endlich die Haustür hinter sich zu und schloss ab. Den Schlüssel steckte er in seine Hosentasche, wo er absolut sicher war. Dachte er zumindest.

Markus hetzte zu seinem Auto und stob um eine Ecke. Unsanft prallte er mit jemandem zusammen. Auf das leise, metallische Geräusch am Boden achtete er nicht.

„Tut mir leid, tut mir leid, tut mir leid“, rief er und betrachtete bestürzt die junge Frau, die er beinahe umgerannt hätte.

„Schon gut“, entgegnete diese und hob beschwichtigend die Hände. „Ist ja nichts passiert. Schauen Sie nur nächstes Mal, wo sie hinlaufen.“

„Klar, mach ich“, versicherte Markus, dann fiel ihm etwas ein. „Hier, als kleine Entschädigung.“ Er reichte ihr einen Schokoladenweihnachtsmann, den er aus seinem Stiefel gezogen hatte.

„Schönen Nikolaus“, fügte er verlegen hinzu.

Sein Opfer nahm den Weihnachtsmann überrascht entgegen. „Danke sehr.“

„Muss los, habe jetzt einen Gig“, sagte Markus noch, dann eilte er weiter, ehe er noch mehr Dummheiten begehen konnte.

Rotwein-Gewürzkuchen

Zutaten Teig:

100 g Halbbitter-Kuvertüre
50 g getrocknete Datteln
250 g weiche Butter
250 g Puderzucker
4 Eier
175 ml Rotwein
1 Prise Salz
1 Päckchen Backpulver
1 EL Speisestärke
1 Päckchen Lebkuchengewürz (20 g)
50 g Trinkschokoladenpulver
250 g Mehl
Fett + Paniermehl für die Form

Zutaten Guss:

160 g Puderzucker
4-5 EL Rotwein

Zubereitung:

Kuvertüre und Datteln grob hacken. Fett und Puderzucker schaumig schlagen. Eier nach und nach unterrühren. Kuvertüre, Datteln, Rotwein und Salz unterrühren. Backpulver, Stärke, Pfefferkuchengewürz, gesiebtes Schokoladenpulver und Mehl mischen, kurz unter den Teig rühren.
Eine Stern- (28 cm Durchmesser) oder Springform (26 cm Durchmesser) einfetten und mit Paniermehl ausstreuen. Teig hineinfüllen, gleichmäßig verteilen und glatt streichen. Im vorgeheizten Backofen bei 175 °C (Umluft) auf der mittleren Schiene ca. 1 1/4 Stunden backen. Wenn der Kuchen zu dunkel wird, mit Alufolie abdecken.
Nach dem Backen den Kuchen aus der Form stürzen. 150 g Puderzucker und Rotwein glatt rühren, den abgekühlten Kuchen damit überziehen.

7. Dezember

Das Leuchtsignal zum Gurtanlegen erlosch, als das Flugzeug die vorgeschriebene Höhe erreicht hatte. Der Flug von Hamburg nach München hatte gutes Wetter. Karolin warf einen kurzen Blick aus einem der Fenster und freute sich über den blauen Himmel. Nach dem ersten Wintereinbruch mit heftigem Schneefall Anfang des Monats war es wieder wärmer geworden und die dichten Wolken hatten sich verzogen. Nachts war es zwar bitterkalt und frostig, doch für den Tag hatte die Wettervorhersage sieben bis acht Grad angekündigt. Allerdings nicht für München – dort erwarteten sie Regen und mildere Temperaturen.

Nicht gerade das beste Dezemberwetter, dachte Karolin und wandte sich wieder ihren Pflichten zu.

Sie schob den Wagen mit den Getränken durch den schmalen Mittelgang und fragte die Passagiere nach ihren Wünschen, suchte das Entsprechende heraus und schenkte ein. Das Flugzeug war voll besetzt an diesem Mittwochmorgen, hauptsächlich mit Geschäftsreisenden, die schnell von Norden nach Süden kommen wollten. Die meisten nahmen sie kaum zur Kenntnis, weil sie mit ihrer Arbeit beschäftigt waren. Unzählige Laptops summten vor sich hin, Tastaturen klackerten, wo eifrig getippt wurde, etliche Passagiere wollten überhaupt nichts trinken und nur ihre Ruhe. So fiel es Karolin zunächst nicht besonders auf, als der Mann auf dem Sitz 12 C sie weder anlächelte noch ihr einen guten Morgen zurückwünschte, im Grunde noch nicht einmal von seiner Lektüre aufsah, um seine Tasse Kaffee in Empfang zu nehmen. Er saß direkt am Gang. Karolin war sich sicher, dass sie ihn überhaupt nicht berührt hatte, trotzdem fuhr er hoch, als sie ihren Wagen weiterschieben wollte.

„Können Sie nicht aufpassen?!", meinte er verärgert und starrte entsetzt auf die Bescherung. Er hatte sich Kaffee auf das weiße Hemd, seine Hose und die Wirtschaftszeitung geschüttet. Karolin wusste, was von ihr erwartet wurde, auch wenn sie nicht schuld an dem Malheur war. Sie war lange genug Flugbegleiterin und geschult im Umgang mit schwierigen Passagieren.

„Es tut mir schrecklich leid. Warten Sie, ich gebe Ihnen etwas, um sich zu reinigen.“ Sie zog aus ihrem Wagen ein eigens für diese Zwecke bereitgehaltenes feuchtes Tuch hervor und reichte es dem Mann. Der Fluggast riss es ihr förmlich aus der Hand und begann, seine Hose abzureiben.

„Möchten Sie einen frischen Kaffee oder eine andere Zeitung?“, erkundigte Karolin sich freundlich.

„Sie haben ja Nerven ...“, entfuhr es dem Mann, und zum ersten Mal sah er hoch und begegnete Karolins Blick. Er verstummte und starrte sie an.

„Kann ich Ihnen etwas anderes bringen?“, fragte Karolin weiter und wartete auf eine Antwort. Der Fluggast auf 12 C machte eine ungeduldige Handbewegung zum Zeichen, dass sie ihn endlich in Ruhe lassen sollte. Karolin unterdrückte ein Seufzen und fasste in ein anderes Fach ihres Wagens, um etwas herauszuholen, was sich in solchen Fällen bewährt hatte. Sie drückte dem verdutzten Herrn einen hübsch verpackten Lebkuchen in die Hand und schob den Wagen weiter.

Als sie alle Passagiere bedient hatte, verzog sie sich in die Bordküche und wusch sich die Hände. Zwischenfälle wie mit dem Mann von 12 C ereigneten sich häufig, darüber dachte sie normalerweise nicht mehr lange nach. Ob sie nun schuld war oder nicht, war egal, sie hatte auf jeden Fall den Betroffenen zu besänftigen, sich zu entschuldigen und behilflich zu sein. Sie musste Ersatz anbieten und ein kleines Zeichen ihres guten Willens geben, damit die Fluggäste die Fluglinie in guter Erinnerung behielten. Manche waren sauer, wie vorhin der Passagier von 12 C, andere blieben freundlich und der Überzeugung, dass auch das Personal an Bord nur Menschen waren, zumal es einiges Geschick erforderte, sich in einem fliegenden, engen Flugzeug normal zu bewegen.

Sie wunderte sich, weshalb sie immer noch an den Mann von 12 C dachte. Er wäre ihr vermutlich gar nicht aufgefallen, wenn er sich nicht mit Kaffee bekleckert hätte. Dann hatte er sie auch noch zu Unrecht beschuldigt und sich sehr unfreundlich verhalten. Es sprach eigentlich nichts für ihn. Außer, als er sie angesehen hatte. In seinem Blick hatte zuerst Überraschung gelegen, dann so etwas wie eine Entschuldigung, schließlich Verlegenheit. Da hatte er sie schnell weggewunken. Karolin schielte vorsichtig um die Ecke zur zwölften Reihe. Sie konnte seinen dunklen Haarschopf sehen, aber sonst nichts, weil er wieder in seine Zeitung vertieft war.

Es war höchste Zeit, die Reste und Abfälle einzusammeln. Die Passagiere hatten außer Getränken auch Sandwiches bekommen, obwohl die Reisedauer so kurz war. Für das Personal bedeutete das, dass es nicht allzu viel Zeit hatte, um abzuräumen, bevor der Landeanflug begann. Karolin schob den Wagen in den Mittelgang. Sie war nervös, sehr zu ihrem eigenen Erstaunen. Sie fieberte der zwölften Reihe entgegen. Der Mann sah sie nicht an, doch irgendwie spürte sie, dass er sie registrierte.

„Gingen die Flecken raus?“, erkundigte sie sich höflich.

„Was meinen Sie?“, fragte er zurück und deutete auf sein Hemd.

Karolin sah auf die Stelle, auf die sein Finger zeigte, und nickte. „Sieht gut aus.“

„Finden Sie?“ Der Fluggast schien noch immer nicht versöhnt zu sein und sah sie streng an. „Ich werde die ganze Zeit mein Jackett anbehalten müssen. Nicht sehr bequem während einer Sitzung.“

„Sie könnten doch sagen, dass Sie eine ungeschickte Stewardess hatten“, schlug Karolin lächelnd vor. Sie glaubte nicht, dass er noch immer böse auf sie war. Sie hielt seine gerunzelte Stirn für gespielt. Es war wie ein geheimer Spaß zwischen ihnen beiden.

„Ja, vielleicht tue ich das sogar.“ Er verzog keine Miene, doch in seinen Augen lag ein verstecktes Zwinkern.

Karolin zog erheitert weiter. Als sie ihre Aufgabe erledigt hatte, richtete sie ihre Uniform und bereitete sich darauf vor, dass sie bald München erreichen würden. Ihre Kolleginnen waren in der Bordküche beschäftigt, und sie nutzte die Gelegenheit, ihre Handtasche hervorzuholen und nach ihrem Lippenstift zu suchen. In der Tasche steckte der Schokoladennikolaus, den sie am Vortag von einem netten jungen Mann geschenkt bekommen hatte, als Entschuldigung für seinen Zusammenstoß mit ihr. Das hatte sie ganz reizend gefunden und sich gleich vorgenommen, die Süßigkeit ihrem Neffen zu geben, den sie später sehen würde. Karolin freute sich auf den Besuch bei ihrer

Schwester, ihrem Patenkind und ihren Eltern. Sie war zwar öfter in München, doch meistens hatte sie keine Zeit für einen längeren Aufenthalt. Dieses Mal konnte sie zwei Tage bleiben, sie hatte es eigens so eingerichtet, damit sie in der Adventszeit bei ihrer Familie sein konnte. Weihnachten musste sie leider arbeiten und hatte einen Flug nach Australien im Dienstplan stehen.

Als sie den Kopf hob, stand der Mann von 12 C vor ihr. Sie zuckte zusammen.

„Entschuldigen Sie bitte, ich wollte Sie nicht erschrecken. Ich wollte nur fragen ..." Weiter kam er nicht, denn ein plötzliches Absacken des Flugzeuges brachte ihn aus dem Gleichgewicht. Der Mann fiel gegen Karolin und ihre Tasche. Sie hörte es deutlich knacken und krachen.

„Oh nein", entfuhr es ihr. Als sie beide wieder sicheren Stand hatten, sah sie nach. Tatsächlich, wie sie befürchtet hatte: Der Schokoladennikolaus war vollkommen platt gedrückt.

Der Mann sah sie betroffen an. „Das tut mir schrecklich leid. Wie ungeschickt von mir!"

„Sie konnten ja nichts dafür", entgegnete Karolin. „Daran war das Luftloch schuld." Sie seufzte. „Das war ein Mitbringsel für meinen Neffen Olaf. Er liebt alles, was süß ist."

„Ich kaufe Ihnen einen neuen."

Karolin lächelte. „Das ist wirklich nicht nötig. Ich werde ihm einfach etwas anderes besorgen. Im Flughafen finde ich ganz sicher etwas."

Der Passagier von 12 C fuhr sich verlegen durchs dunkle Haar, seine schönen braunen Augen blickten reuevoll. „Hören Sie, eigentlich wollte ich Sie fragen, ob Sie sich später mit mir treffen wollen, aber nun glaube ich, ich schulde Ihnen ein neues Geschenk für Ihren Neffen."

Das Anschnallsignal leuchtete auf, begleitet von einem leisen Piepen.

„Sie müssen sich jetzt hinsetzen und den Gurt anlegen", ermahnte ihn Karolin mit sanftem Nachdruck und wies auf die Sitze.

„Nicht, bevor Sie nicht zugesagt haben", beharrte der Mann.

„Na schön", willigte Karolin ein, „wir gehen gleich zusammen einkaufen. Aber nun müssen Sie wirklich zu Ihrem Platz."

Er entfernte sich zufrieden und Karolin schmunzelte. Nun war schon zum zweiten Mal in zwei Tagen ein Mann mit ihr zusammengestoßen.

Das musste doch etwas zu bedeuten haben. Sie wusste zwar nicht, was, doch sie hatte so eine Ahnung, dass es keine Zufälle waren und dass der Mann von 12 C eine verheißungsvolle neue Bekanntschaft werden würde. Sie strich über den zerdrückten Nikolaus und war dankbar, dass sie ihn in der Tasche gehabt hatte.

8. Dezember

Es war ein trüber, nasser Tag. Rechte Weihnachtsstimmung wollte in der Münchner Schule nicht aufkommen, trotz der gebastelten Sterne und Girlanden aus Metallfolie, die die Gänge und Klassenzimmer schmückten. Eigentlich war die große Pause längst zu Ende und der Unterricht sollte in vollem Gange sein, aber die Lehrer fehlten.

„Spontane Lehrerkonferenz?“, mutmaßte Olaf zu seinem Freund Latif, der die Schultern zuckte.

„Keine Ahnung. Vielleicht sollten wir mal nachsehen?“

Die beiden verließen unbemerkt den Klassenraum der 8b, in dem alle durcheinanderredeten und die überraschende Freistunde genossen. Die Jungs machten sich auf den Weg zum Lehrerzimmer. Unterwegs eilten ihnen vereinzelte Lehrkräfte mit verbissenem Gesichtsausdruck entgegen und verschwanden hinter den Toilettentüren.

„Was ist denn da nur los?“, wunderte sich nun auch Latif.

Olaf hielt den Mathelehrer, Herrn Scheidtmüller, an. „Ist etwas passiert?“, fragte er den gequält aussehenden Mann.

„Wir haben alle schlimmen Durchfall, das ist passiert“, entgegnete der Lehrer. „Das kam ganz plötzlich, nachdem wir den Christstollen gegessen hatten. Tut mir leid, ich muss weiter ...“

Herr Scheidtmüller eilte davon. Olaf und Latif sahen sich an.

„Denkst du, was ich denke?“, fragte Latif, und Olaf nickte.

„Klingt wie ein Fall für W.O.L.F.!“

„Komm, lass uns Wuschel holen. Es wird bestimmt niemandem auffallen, wenn sie ihre Klasse verlässt.“

Hastig machten sie sich auf den Weg zu Kims Klassenzimmer. Wuschel, die eigentlich Kim hieß, Olaf, Latif und Kims braun-weiß gefleckte Ratte Freddy waren zusammen W.O.L.F., der Detektivclub, der jeden Fall löste. Ihre großen Vorbilder waren „Die drei ???“. Bisher hatten sie allerdings noch nie in der Schule ermittelt. Aber auch ihr Gymnasium schien nicht mehr sicher vor dem Verbrechen.

Mit Wuschel zusammen waren sie sich schnell einig, dass sie an den Tatort mussten, in diesem Fall das Lehrerzimmer. Dort fanden sie einige krank oder geschwächt aussehende Lehrkräfte vor, die sich hingelegt hatten oder sich unter Schmerzen zusammenkrümmten. Es herrschte ein reges Kommen und Gehen.

„Da", sagte Olaf und deutete auf den Tisch. „Da ist das Corpus Delicti."

Der Christstollen war zum größten Teil verspeist, nur ein kleiner Rest lag noch auf der ovalen Platte.

„Ich sehe zwei Möglichkeiten: Entweder sind alle an einem Virus erkrankt, was aber bei der schnellen Reaktion nicht sehr plausibel scheint. Oder, und das ist mein Favorit, der Stollen ist vergiftet. Ich tippe auf ein starkes Abführmittel", fügte Olaf abschließend hinzu.

„Was sollen wir jetzt tun?", fragte Wuschel. Aus ihrem rechten Ärmel schob sich schnüffelnd eine schmale, mit Schnurrhaaren besetzte weiße Nase. „Nein, Freddy, das ist nichts für dich. Davon wirst du krank." Sie schob ihre Ratte zurück in den Ärmel.

„Wenn dich noch mal jemand mit Freddy in der Schule erwischt, wirst du ihn abgeben müssen", mahnte Latif mit gerunzelter Stirn.

„Es erwischt mich schon keiner. Schau dich doch um. Niemand interessiert sich heute für uns." Sie machte eine weit ausholende Handbewegung in den Raum hinein. „Alle sind krank."

„Wir sollten uns darauf konzentrieren, den Täter zu finden", verkündete Olaf, der wollte, dass seine beiden Freunde beim Thema blieben. „Hat jemand einen Vorschlag, wie wir das anstellen könnten?"

Die drei dachten angestrengt nach. Für einige Zeit war nichts zu hören außer dem Klappen der Tür und den Schritten der Lehrer. Gelegentliches, leiderfülltes Stöhnen untermalte das Ganze.

„Der Stollen kann ja nicht hergeflogen sein", dachte Wuschel schließlich laut. „Vielleicht finden wir eine Verpackung oder etwas Ähnliches. Ich würde so einen Christstollen jedenfalls in Folie einwickeln, wenn ich ihn transportieren müsste."

„Guter Gedanke", stimmte Olaf zu und kommandierte sich und die anderen beiden dazu ab, den Raum zu durchsuchen, ganz besonders die Mülleimer. Latif wurde in dem Abfallbehälter für Recyclingmüll schnell fündig.

„Hier, ich habe etwas!" Er hob eine durchsichtige, zusammengeknüllte Plastikfolie hoch. Auf einem Tisch falteten sie die Folie vorsichtig auseinander, und nun konnte man erkennen, dass sie mit kleinen Tannenzweigen bedruckt war.

„Da ist lauter Puderzucker dran, und von der Größe her würde es auch passen. Ich schätze, darin war der Stollen eingewickelt“, schlussfolgerte Wuschel laut.

„Moment, was ist das denn?“, wunderte sich Olaf und zückte eine große Lupe.

„Wow, ist die neu?“, staunte Latif, und Olaf nickte.

„Hat mir meine Tante gestern mitgebracht. Sie hatte sie schön eingepackt, aber ich durfte selbst entscheiden, ob ich das Geschenk gleich aufmache oder bis Weihnachten warte. Wie ihr seht ...“ Er blickte vielsagend auf das Vergrößerungsglas.

„Was hast du denn nun gefunden?“, hakte Wuschel ungeduldig nach.

Olaf reichte ihr die Lupe. „Schau es dir selbst an.“

Kim tat wie geheißen und staunte. „Das sieht ganz nach Schmierfett aus.“

„Genau“, bestätigte Olaf, und auch Latif besah sich die Flecken am Rand der Folie eingehend.

„Und wer benutzt hier so ziemlich als Einziger Schmierfett?“, fragte Olaf die beiden anderen Detektive. Latif und Wuschel sahen sich an und nickten.

„Der Hausmeister“, antworteten sie unisono.

„Und ich hätte gedacht, dass einer der Schüler sich diesen Streich ausgedacht hat“, fügte Wuschel hinzu.

„Ich wette, das denken die Lehrer auch alle“, erwiderte Latif.

„Wir sollten den Hausmeister dringend zur Rede stellen, ehe falsche Verdächtigungen laut werden“, schlug Olaf vor.

Sie eilten durch den Gang und die Treppen hinunter bis ins Erdgeschoss, wo Herr Lapp sein Büro hatte. Latif und Wuschel rannten vorneweg, Olaf etwas langsamer hinterher. Er war völlig außer Atem, als sie am Ziel waren. Er war einfach nicht so sportlich wie die anderen beiden, dazu etwas übergewichtig.

Aber, dachte er bei sich, dafür bin ich eben unheimlich intelligent. Man kann nicht alles haben.

Olaf klopfte an die Tür. Als ein „Herein“ erklang, betraten sie das vollgestopfte Arbeitszimmer des Hausmeisters. Herr Lapp saß an seinem Schreibtisch und war mit einer Liste beschäftigt.

„Was wollt ihr?“ Er sah sie über seine Metallbrille hinweg an und machte einen schlecht gelaunten Eindruck. Falls er der Urheber des Christstollenstreiches war, schien er keine große Freude an seinem Gelingen zu haben.

„Wir müssen mit Ihnen sprechen“, begann Olaf, dann hielt er inne und sah den hageren Mann eindringlich an. „Wir wissen, dass der Christstollen von Ihnen ist und dass Sie die Lehrer mit Abführmittel vergiftet haben.“

Herr Lapp ließ entsetzt seinen Stift fallen. „Was? Wie könnt ihr es wagen ...?!“, fing er an, doch sein Gesicht sprach eine andere Sprache. Wenn jemals jemand schuldbewusst ausgesehen hatte, dann der Hausmeister. „Wie kommt ihr darauf?“, flüsterte er schließlich heiser und wirkte plötzlich ganz traurig.

„Sie haben eindeutige Spuren an der Plastikfolie hinterlassen“, erklärte Latif, und Wuschel deutete auf eine Rolle mit derselben tannenverzierten Folie im Regal, die den letzten Zweifel ausräumte, den sie vielleicht noch hätten haben können.

Herr Lapp ließ die Schultern hängen. „Ich weiß, es war dumm von mir, aber ich hatte es einfach so satt. Diese ständigen Befehle: Machen Sie das, tun Sie dieses, erledigen Sie das endlich! Und immerzu werde ich wie Luft behandelt. Bis auf wenige Ausnahmen grüßen mich die Lehrer nicht einmal, wenn sie morgens in die Schule kommen. Und wenn irgendwo etwas nicht geht, dann ist es immer meine Schuld. Die Schüler machen so viel kaputt, dass ich gar nicht mit dem Reparieren nachkomme!“ Er schniefte und holte ein Taschentuch aus seiner Hosentasche, um sich die Nase zu putzen. „Ich wollte mich einfach rächen. Aber es war kindisch und idiotisch und es tut mir auch schon leid.“

Er sah sich um, sein Blick blieb auf einem Karton mit Konservendosen hängen. „Den schenke ich euch, wenn ihr versprecht, mich nicht zu verraten!“ Er schaute bittend von einem zum anderen.

Freddy überlegte es sich genau in diesem Augenblick, wieder einmal ans Tageslicht zu kommen, und krabbelte aus Wuschels Halsausschnitt.

„Und ich werde nicht verraten, dass du deine Ratte schon wieder dabeihast, obwohl es dir streng untersagt ist“, fügte Herr Lapp listig hinzu.

Wuschel stopfte Freddy in die Jackentasche und wandte sich stumm flehend an Olaf, doch der schüttelte nur leicht den Kopf. „Nein, wir lassen uns weder bestechen noch erpressen. Wir verlangen, dass Sie jetzt gleich ins Lehrerzimmer gehen und sich zu Ihrer Tat bekennen. Denn wenn Sie es nicht tun – und ich wette, genau darauf haben Sie spekuliert – wird man den Streich einem Schüler anhängen.“

Der Hausmeister blickte finster drein, doch er erhob sich, um mit ihnen zu gehen.

„Den Karton nehme ich aber trotzdem mit“, verkündete Olaf und nahm die Kiste auf den Arm. „Strafe muss schließlich sein und wir brauchen eine Bezahlung. Auch wenn es eher unüblich ist, dass der Täter das übernimmt. Aber warum nicht, das ist nur gerecht.“

Zu viert marschierten sie die Treppe hoch zum Lehrerzimmer.

„Wenn ihr einverstanden seid“, raunte Olaf unterwegs seinen beiden W.O.L.F.-Freunden zu, „dann gebe ich die Dosen meiner Mutter für ihren Chef mit. Der sammelt nämlich Konserven.“ Latif und Wuschel hatten keine Einwände, weil sie ohnehin keine Verwendung für Dosenobst hatten, doch sie wunderten sich über das seltsame Hobby des Chefs von Olafs Mutter.

„Ich weiß auch nicht, was er damit macht“, meinte Olaf. „Aber eins weiß ich: Herr Lapp kann sich freuen, wenn er nach Weihnachten noch seinen Job hat. Hoffen wir für ihn, dass die Lehrer in Weihnachtsstimmung sind und ihn begnadigen.“

Der Hausmeister war ganz seiner Meinung.

9. Dezember

Prof. Dr. Leonhart Reeker sah nachdenklich auf den Karton mit Konserven, den ihm seine Sekretärin am Morgen überreicht hatte. Er wusste, dass sie ihn für spleenig hielt, weil er Dosen aller Art sammelte – Gemüse, Obst, Eintöpfe, Wurst ... Was es eben in Büchsen gab. Seine Sekretärin meinte es gut und hatte eine rote Schleife um den Karton gebunden, weil bald Weihnachten war, doch sie hatte leider keine Ahnung. Das war natürlich nicht ihre Schuld; die meisten Menschen wussten nichts von der Situation, in der sie sich befanden. Er konnte sich nie klar darüber werden, ob das nun gut oder schlecht war. Sicher, wenn alle Bescheid wüssten, könnte man eventuell etwas ändern. Falls der Wille überhaupt da wäre, denn wahrscheinlicher war es, dass die Bequemlichkeit siegen würde. Andererseits, solange nur wenige Menschen wussten, wie es um die Welt stand, war es für diese einfacher, sich vorzubereiten. Nicht auszudenken, wenn auf einmal die gesamte Bevölkerung anfinge, Vorräte für den Ernstfall zu horten! Da bekäme man ja gar nichts mehr zu kaufen!

Ja, Prof. Dr. Leonhart Reeker wusste Bescheid. Er war Professor für Wirtschaft und lehrte an der Ludwig-Maximilians-Universität München, kurz LMU. Sein Spezialgebiet waren Kapitalmärkte und Finanzwirtschaft. Das Land wähnte sich im Aufschwung, doch er wusste schon lange, dass das ein Trugschluss war. Das Land – eigentlich die gesamte westliche Welt – stand unmittelbar vor der wirtschaftlichen Katastrophe. Bereits Monate vor der Wirtschaftskrise hatten er und einige andere vorausgesagt, dass ein Einbruch käme, und zwar innerhalb kürzester Zeit. Und sie hatten recht behalten.

Einer seiner Freunde vom „Krisenstammtisch" hatte den Keller voller Notrationen, wie sie die Bundeswehr verwendete. Momentan überlegte er, noch einen Raum mit Astronautennahrung zu füllen. Eine Frau aus ihrer Gruppe hatte im Selbstversuch erforscht, was sich alles essen ließ von den Pflanzen, die sich in Wald und Flur ihrer Umgebung fanden. Ein Ehepaar hatte komplett umgestellt auf Selbstversorgung. Sie hatten sich ein großes Grundstück auf dem Land gekauft und bauten nun ihr eigenes Gemüse und Obst an, hielten Hühner, Schafe und Kaninchen.

Man sah schon die ersten Anzeichen – ganze Länder gingen bankrott, waren hoch verschuldet; der Euro war in Gefahr. Dann die Misswirtschaft der Banken. Wie lange, dachten die Leute, konnte ihr ökonomisches System das noch verkraften? Doch wer vor dem drohenden Untergang warnte, war der einsame Rufer in der Wüste. Niemand wollte diese Botschaft hören in einer Zeit, in der man verordnet bekommen hatte, nach vorne zu sehen, in der man sich in falscher Sicherheit wiegte und daran glaubte, dass es immer weiter aufwärtsginge.

Leonhart seufzte und räumte die Konserven unter seinen Schreibtisch. Wenn jemand den Karton sah, gäbe es nur neugierige Fragen, und er wollte keine Antworten erfinden müssen. Es war ihm ohnehin ein Rätsel, wie er seine Auffassung so gut vor den Studenten verbergen konnte. Im Prinzip musste eigentlich jeder, der seine Seminare besucht hatte, als Pessimist seines Weges ziehen. Und doch fanden sich nur sehr, sehr wenige Auserwählte unter seinen Studenten, die er einweihen konnte. Seltsam, dieser angeborene Optimismus der jüngeren Generationen.

„Ich geh dann jetzt." Seine Sekretärin sah zur Tür herein und nickte ihm zu. „Ein schönes Wochenende und einen frohen dritten Advent!"

„Danke, das wünsche ich Ihnen auch." Schon hörte er die Tür hinter ihr ins Schloss fallen. Sie war nur halbtags hier, und er wusste, dass sie einen dreizehnjährigen, sehr aufgeweckten Sohn hatte, für den sie nachmittags da war. Außerdem war sie geschieden. Bei Gelegenheit sollte er sie fragen, welche Weltanschauung die ihre war. Sie konnte als alleinerziehende Mutter selbst kein allzu leichtes Leben haben.

Leonhart bückte sich unter den Tisch, um nachzusehen, was überhaupt in den Dosen war. Na so etwas, dachte er überrascht, das waren ja alles Feigen! Erzeugerland Israel. Merkwürdig, was konnte jemand mit so vielen eingelegten Feigen wollen? Er wusste nur, dass seine Sekretärin den Karton von ihrem Sohn bekommen hatte, der ihn damit beglücken wollte. Wie nett von dem Jungen, an den Chef seiner Mutter zu denken.

Jetzt machten seine Gedanken einen eigenartigen Purzelbaum, denn er dachte zugleich an den dritten Advent und Weihnachten, an Israel und an einen Jungen, der ihm ein unerwartetes Geschenk machte. Ehe er sich versah, waren die Erinnerungen an seine Großmutter in seinem Kopf. Er hatte schon lange, sehr lange nicht mehr an sie gedacht, und ein unbekanntes Gefühl beschlich ihn. Er stöberte in seinem Gedächtnis und versuchte, ein ganz bestimmtes Bild zu erhaschen. Er wusste genau, es gab einen Auslöser für dieses Gefühl.

Es klopfte.

„Herein!"

Die Tür ging auf und einer seiner Studenten stand vor ihm. „Ich komme zur Sprechstunde."

Leonhart sah auf die Uhr an der Wand gegenüber. Tatsächlich, es war 14 Uhr. Draußen wartete sicher schon ein ganzer Schwung junger Menschen darauf, mit ihm über ihre Fragen, Arbeiten und Prüfungsthemen zu sprechen.

„Ich bin gleich so weit", sagte er, „geben Sie mir nur noch fünf Minuten."

Der junge Mann nickte und zog die Tür von außen zu. Leonhart brauchte die kurze Zeit unbedingt, um dieser Sache auf den Grund zu gehen. Er stand auf und sah zum Fenster hinaus. Es war schon seit Tagen so trüb und grau, aber genau dieser schwere Himmel voller Regenwolken erinnerte ihn plötzlich an ein Gespräch mit seiner Großmutter, und er wusste, das war die Erinnerung, nach der er gesucht hatte.

Es war ein warmer Sommertag gewesen, vor vielleicht fünfzig Jahren. Eine drückende Hitze lag in der Luft, ein Gewitter stand unmittelbar bevor. In seinem kindlichen Gemüt hatte die Aussicht auf ein Unwetter ihn regelrecht beflügelt. Er saß mit seiner Oma auf einer schlichten Holzbank im Garten und sah ihr dabei zu, wie sie Mirabellen entsteinte. Ab und an reichte sie ihm eine zum Essen. Leonhart hatte den süßen, saftigen Geschmack praktisch auf der Zunge, während er an die Szene dachte.

„Leo", hatte sie gesagt, als es zum ersten Mal in der Ferne donnerte, „denk immer daran: Wir Menschen können uns Sorgen machen, so viel wir wollen. Es ist doch Gott, der alles lenkt und werden lässt. Ohne ihn wächst kein Gras."

So hatte sie oft geredet, denn sie war eine gläubige Christin. „Weißt du, wie unser Herr sagt? Sorgt nicht um euer Leben, was ihr essen und trinken werdet; auch nicht um euren Leib, was ihr anziehen werdet. Ist nicht das Leben mehr als die Nahrung und der Leib mehr als die Kleidung? Vergiss das nie, mein Junge, denn das rückt so manches ins rechte Licht."

Nun wusste Leonhart auch, wieso die Feigen aus Israel und die momentane Adventszeit ihn an seine Großmutter erinnerten. Es war ja Jesu Geburt, die an Weihnachten gefeiert wurde. Jesus, der in Israel zur Welt gekommen war. Und er wusste auch wieder, wieso ihm das ein so sonderbares Gefühl bescherte. Er hatte als Erwachsener darüber gelächelt, wie unerschütterlich seine Großmutter an Gott geglaubt hatte. Doch immer, wenn er an ihre Worte und ihr Vertrauen in Jesus dachte, war da eine leise Stimme in ihm, die ihn ermahnte, und das war ihm unangenehm. Deshalb hatte er einfach irgendwann damit aufgehört, an sie zu denken. Und nun war sie wieder da, die Stimme, wegen einer Kiste Feigen-Büchsen.

Was würde seine Großmutter wohl zu seinem Krisenstammtisch sagen, zu der Konservensammlung im Keller, zu seiner Überzeugung, dass demnächst der totale Zusammenbruch kam und dann jeder für sich selbst sorgen musste? Dazu, dass er sich nicht getraut hatte, zu heiraten, weil er nur Schlechtes vom Leben erwartete? Dazu, dass er jungen Menschen einen ungeheuren Pessimismus mit auf den Weg gab? Dazu, dass er seit Jahren nicht einen Gedanken an sie oder Gott verschwendet hatte?

Auf einmal schämte er sich. Leonhart zog die Kiste mit den Dosen hervor. Es konnte so nicht mit ihm weitergehen. Er war Anfang sechzig, er sollte doch mit den Jahren, die ihm noch blieben, besser etwas Schönes anfangen, anstatt Büchsen zu horten und auf das Ende zu warten. Es war ihm schon klar, dass eine so gravierende Veränderung ihre Zeit benötigen würde, doch er konnte mit einem kleinen Schritt anfangen: Er würde alle Konserven heute noch verschenken. Und am Wochenende würde er seinen alten Vater anrufen, damit der ihm von seiner Großmutter und ihrem Glauben erzählen konnte, denn das war etwas, was der Vater von seiner Mutter übernommen hatte. Es war Zeit, dass der Enkel endlich das Familienerbe antrat.

Leonhart erhob sich, stellte die Dosen bereit und ging zur Tür. Er öffnete sie und sah hinaus. Im Flur vor seinem Büro saßen etwa zehn Studenten und Studentinnen und warteten darauf, dass es losging. „Wer ist der Erste?“, fragte er und schüttelte gleich darauf herzlich die Hand, die ihm entgegengestreckt wurde.

10. Dezember

Von: anna.k@hotmail.com
An: clara.schumann@email.org
Betreff: Re: Adventsgrüße

Liebe Clara,
danke für deine E-Mail. Wie bist du in den letzten Tagen mit deiner Masterarbeit vorangekommen? Ich hoffe, du kannst im Moment disziplinierter arbeiten als ich. Aber davon abgesehen muss ich dir unbedingt etwas erzählen. Ich hatte nämlich einen total verrückten Tag heute! Zuerst rettete mir eine Feigen-Konserve das Leben, und dann diese Sache mit dem Ladenhüter!
Aber von vorne. Die Dose mit den Feigen bekam ich gestern von meinem Prof., als ich während der Sprechstunde dort war, um meine Diplomarbeit zu besprechen. Er wirkte ganz merkwürdig aufgeräumt und heiter, nicht so trübsinnig wie sonst. Zum Abschied drückte er mir die Dose in die Hand. Ich habe mich zwar gewundert, aber nicht nachgefragt und dachte, er wird schon wissen, warum er das tut. Selbst wenn er nichts dabei im Sinn hatte – jemand anderes hatte ganz bestimmt einen Plan!
Zuerst dachte ich daran, die Feigen wegzuwerfen. Das Ganze kam mir doch zu merkwürdig vor und ich wollte mir nicht den Magen verderben. Heute Morgen musste

ich allerdings feststellen, dass der Kühlschrank leer war, aber ich musste irgendetwas frühstücken. Ich wollte einfach nur testen, wie die Feigen riechen, vielleicht sogar eine probieren, und dann gab es eine Riesensauerei, als der Dosenöffner abriss und die ganzen Feigen mitsamt der Soße auf mir landeten. Ich musste mich komplett umziehen, aufs Frühstück verzichten und aus dem Haus hetzen, weil ich sonst viel zu spät zur Arbeit gekommen wäre. Ich fuhr mit dem Fahrrad und kam zu der Ecke, an der ich wirklich jedes Mal bei Rot warten muss. Dort war Minuten vorher ein Auto in die Ampel gefahren, etwa zu der Zeit, zu der ich normalerweise dort gestanden und gewartet hätte, und ganz genau an derselben Stelle. Mir wurde schlagartig klar, dass ein tüchtiger Schutzengel auf mich aufpasst, und ich zitterte auf einmal so sehr, dass ich vom Rad steigen und ein Stück schieben musste.

Ich kam dann doch ein paar Minuten zu spät in den Laden, aber Carmen sah gnädig darüber hinweg. Elise kam sogar erst nach mir, als Carmen die Boutique schon geöffnet hatte. Die ersten Stunden gingen im Nu vorüber; es war ein typischer Samstag im Advent – die Fußgängerzone wimmelte von Menschen, der Laden war ständig voll und wir hatten unheimlich viel zu tun. Carmen macht derzeit schon mittags zum ersten Mal die Kasse und bringt das Geld in Sicherheit, nur für alle Fälle.

Gegen halb eins hatten wir eine kleine Verschnaufpause. Zu der Zeit brauchen auch die Kunden und Schaufensterbummler etwas zu essen und es ist etwa eine halbe Stunde lang ruhiger im Laden. Carmen hatte einen selbst gemachten Punsch dabei und lud Elise und mich auf ein Gläschen ein. Er war sehr lecker, vielleicht ein bisschen zu gut, denn Elise wurde recht bald albern und Carmen war auch irgendwie angeheitert. Mir wurde nur warm und ich habe mich gewundert, dass Carmen uns an einem Adventssamstag Alkohol serviert. Schließlich führte sie Elise und mich kichernd in die hinterste Ecke im Laden, zog einen roten Mantel hervor und sagte: „Kinder, heute ist ein ganz besonderes Jubiläum. Heute genau vor zehn Jahren kam dieser Mantel in mein Geschäft. Damals war ich nur die Geschäftsführerin; die Inhaberin hat den Einkauf erledigt und dieses schreckliche Stück hier hingehängt.“

Sie hielt sich den Mantel vor und wedelte damit herum. Er erinnerte mich sehr an ein Weihnachtsmann-Outfit, denn er war nicht nur von einem satten Rot, sondern hatte auch weiße Applikationen an den Säumen und einen pelzigen, weißen Kragen. Ich habe mich schon über den Mantel gewundert, seit er mit der Winterkollektion in den Verkaufsraum gewandert war. Da ich erst seit dem Sommer dort arbeite, kannte ich die Geschichte nicht. Elise dagegen grinste wissend.

„Später hat sie vergessen, den Mantel zurückzuschicken, und deshalb blieb er im Laden“, fuhr Carmen fort. „Ein Jahr später übernahm ich die Boutique und mit ihr dieses Kleidungsstück. Jeden Winter wieder hänge ich ihn zu den neuen Sachen und jedes Frühjahr räume ich ihn wieder weg. Ob ich ihn teuer auszeichne oder den Preis heruntersetze, egal, wo im Laden er hängt – niemand kauft ihn. Niemand will ihn, keiner hat sich jemals dafür interessiert. Er ist inzwischen so etwas wie unser Wahrzeichen. Wenn er bei meinem Tod noch hier ist, möchte ich darin begraben werden. Merkt euch das!" Sie strahlte uns an und schenkte uns noch mehr Punsch ein.

Nach ein Uhr war es wieder so voll wie am Vormittag, eine Kundin gab der nächsten die Klinke in die Hand. Die Kasse ging nur noch auf und zu, die Umkleidekabinen waren ständig belegt, und Elise und ich liefen viele Kilometer, um den Kundinnen Kleidung in immer anderen Größen zu bringen. Ich muss mir unbedingt andere Schuhe kaufen, in meinen tun mir spätestens um zwei Uhr fürchterlich die Füße weh. Ich muss mir gleich mal eine Erinnerung ins Handy machen ...

Dann, gegen halb vier, betrat eine Dame den Laden. Sie hatte drei kleine Hunde bei sich, möglicherweise Chihuahuas oder Zwergspitze, ich kenne mich damit nicht aus. Carmen stellte den Kleinen eine Schüssel mit Wasser hin und sie stürzten sich förmlich darauf. Die Frau gab ihrem Begleiter die Leinen in die Hand und fing an, den Laden zu durchstöbern. Nachdem sie sich fast alles angesehen hatte und ihr nichts zu gefallen schien, wandte sie sich Hilfe suchend an mich. Ich lotste sie in

die Ecke, in der der rote Mantel hing, und wies sie darauf hin, dass sie sich dort noch nicht umgesehen habe. Dann rief meine Kundin aus der Umkleide nach mir. Elise und ich wechselten schnell einen Blick. Carmen tat so, als bekäme sie von alledem nichts mit.
Die Frau nahm den Ladenhüter von der Stange und schnippte mit dem Finger. Elise eilte zu ihr, half ihr aus ihrem eigenen Mantel und legte ihn sich über den Arm, um das rote Teil hochzuhalten. Die Frau schlüpfte hinein und betrachtete sich damit im Spiegel. Sie schien ihn tatsächlich gut zu finden. Sie drehte sich hin und her, klappte den Kragen hoch, dann wieder runter, fragte nach einem passenden Schal und legte sich das leuchtend grüne Ding, das Elise ihr brachte, um den Hals. Schließlich war sie fertig und zog wieder ihren eigenen Mantel an. Meine eigene Kundin wurde allmählich ungeduldig, weil ich unaufmerksam und abgelenkt war, aber ich konnte mir das Geschehen einfach nicht entgehen lassen. Sogar Elise, die eine erfahrene Verkäuferin ist, starrte der Frau mit offenem Mund hinterher, als diese zur Kasse ging, um den Mantel mitsamt dem Schal zu bezahlen. Es fiel ihr gerade noch rechtzeitig ein, dass sie die Dame zu begleiten und ihre Sachen zur Kasse zu tragen hatte.
Carmen hatte ein mildes Lächeln auf dem Gesicht, als sie das Geld entgegennahm. Ich denke, es war ein sehr guter Preis, denn sie hat den Mantel jedes Jahr ein bisschen teurer ausgezeichnet, wie sie später erzählte. Die

Dame sammelte ihre Hunde ein, ließ den Mann die große Tüte tragen und stolzierte aus dem Laden. Carmen bückte sich schnell, als hätte sie etwas fallen lassen, und Elise eilte nach hinten, wo ich sie laut lachen hörte. Ich durfte mir nichts anmerken lassen, denn ich bediente ja gerade eine Frau, aber der Punsch hatte mich glücklicherweise nicht so albern gemacht wie die anderen beiden.

Kurz vor Ladenschluss kam noch eine späte Lieferung. Carmen war so gut drauf, dass sie dem Paketboten ein Parfüm schenkte; Elise und ich durften uns je einen von den edlen neuen Kaschmirschals aussuchen, die wir beide so toll finden.

Vielleicht erzähle ich Professor Reeker irgendwann mal diese ganze Geschichte. Er würde sich wundern, was seine Dose Feigen alles bewirkt hat!

Liebe Grüße und dir einen schönen dritten Advent
Anna

11. Dezember

Nachdenklich öffnete er das 11. Türchen seines Adventskalenders. Auf dem Adventskranz brannte heute die dritte Kerze. Schon die dritte! Wie schnell doch die Wochen dahinflogen. Nicht mehr lange, dann war Weihnachten. Eigentlich gab es keinen vernünftigen Grund dafür, doch er spürte, wie seine Hoffnung wuchs. Aber mit der Hoffnung kamen auch die Zweifel. Er wusste letztendlich nicht, was passieren würde, ob überhaupt etwas geschehen oder ob seine Bitte an Gott unerhört im Weltall verklingen würde. Dann wäre alles zu spät. An Weihnachten musste es sein. Er war ständig hin- und hergerissen zwischen Hoffen und Bangen, Optimismus und versuchtem Realismus, immer wieder suchte er nach Begründungen für beides.

Es war Sonntag, und er dachte an vorige Woche und den Besuch in der Kirche. Sollte er das wiederholen? Es hatte ihm gefallen, doch der Gottesdienst hatte ihn zu tollkühnen Erwartungen ermutigt, und er wollte das nicht. Er hatte Angst vor der Enttäuschung, die umso größer werden würde, je höher er zuvor die Hoffnung geschraubt hatte. Und doch, ihn verlangte nach Ermutigung, nach mehr von dieser Weihnachtsbotschaft und dem Glauben, dass Wunder wahr werden konnten. Er wollte mehr erfahren über das Geschenk, das Gott den Menschen gemacht hatte. Eigentlich wusste er alles darüber, aber in seiner besonderen Situation erschien es ihm, als würde er die Botschaft ganz neu erleben. Das Kind in der Krippe war ihm viel deutlicher vor Augen, viel persönlicher.

Advent bedeutet Ankunft, und er wartete. Es gab sonst nichts, was er tun konnte. Er wartete auf die Ankunft seines speziellen Geschenkes, und es war seltsam und ungewohnt für ihn, dass es allein in Gottes Hand lag, ob er es erhielte. Vorsichtig löschte er die Kerzen und machte sich auf den Weg.

Ihr Lieben“, sagte der Pfarrer, als er auf der Kanzel angekommen war, „heute möchte ich euch eine Geschichte erzählen. Eine Geschichte von zwei Nachbarn, die miteinander im Streit lagen. Etwas, was vermutlich einige unter uns auch schon erlebt haben. Es kommt außerdem eine sehr kluge Ehefrau darin vor – einer solchen sind bestimmt viele schon begegnet.“ Er schmunzelte.

„Eines schönen Tages kam Herr Klein ins Haus und sagte: ‚Hat dieser Idiot schon wieder seinen ganzen Schnee in unsere Einfahrt geschaufelt?!‘

Seine Frau war in der Küche, deshalb musste er laut reden, damit sie ihn verstand. ‚Was meinst du?‘, rief sie dann aber trotzdem zu ihm heraus.

‚Der Meier hat wieder den ganzen Schnee zu uns rübergeschaufelt!‘, schrie Herr Klein zurück. Dann ging er in die Küche, wo seine Frau gerade Plätzchen buk.

‚Das hat er doch sicher nicht mit Absicht gemacht‘, erwiderte sie. Sie kannte die ewigen Beschwerden über ihren Nachbarn zur Genüge.

‚Natürlich war das Absicht! Er hätte den Schnee genauso gut auf die andere Seite schaufeln können, da ist nämlich sein Rasen, und er stört keinen.‘

‚Meine Güte, er ist ein alter Mann. Wahrscheinlich kann er nicht mehr so und hat den Schnee eben dahin geschaufelt, wo es am einfachsten für ihn war.‘

‚Ja, genauso stelle ich mir das vor. Und dabei hat er sich ins Fäustchen gelacht und gedacht: ›Dem Klein zeig ich es!‹‘

Frau Klein seufzte. Das ging nun schon jahrelang so und alles hatte vor fünfzehn Jahren mit einer Lappalie angefangen. Bei Herrn Meier hatte sich ein Teil der Einfahrt abgesenkt, und sie hatten ihn gebeten, das richten zu lassen, damit ihre nicht auch davon betroffen würde. Aber Herr Meier hatte nicht im Traum daran gedacht, und natürlich war ihre Einfahrt auch abgesunken. Herr Klein kam zu der festen Überzeugung, dass es Herrn Meiers einzige Motivation war, seine Nachbarn zu quälen. Und das glaubte er auch heute noch.

Später am Abend, als es schon dunkel war, ging Herr Klein hinaus, um die Weihnachtsbeleuchtung um ein neues Stück zu ergänzen: einen besonders hell strahlenden Stern. Er brachte ihn ganz geschickt da an, wo er schön zu Herrn Meier hinüberblenden konnte. Dieser beschwerte sich nämlich jedes Jahr darüber, dass er in der Weihnachtszeit kaum ein Auge zutue, weil die Festbeleuchtung bei Kleins so hell sei.

‚Muss das denn sein?', fragte Frau Klein ihren Mann, als er sich wieder zu ihr ins Wohnzimmer setzte.

‚Na, irgendwas muss ich doch machen. Ich kann mir doch nicht alles gefallen lassen.' Wieder seufzte Frau Klein. Sie seufzte überhaupt oft, wenn ihr Mann auf einem seiner Rachefeldzüge war.

‚Und dann werden bald wieder die Kinder von Meier kommen und die ganze Zeit Lärm machen und ihren Müll zu uns rüberwerfen.' Er schnaubte. Er schnaubte mindestens genauso oft, wie seine Frau seufzte.

Herr Meier hatte zwei Kinder, die beide natürlich schon längst erwachsen und verheiratet waren und selbst Kinder hatten. Jedes Jahr zu Weihnachten fielen sie alle bei Herrn Meier ein und blieben ein paar Tage. Während dieser Zeit tobten die Enkel im Garten herum, die Erwachsenen standen vor dem Haus in der Einfahrt und rauchten eine Zigarette nach der anderen oder sie nahmen sich ihre Getränke mit raus und führten lange Diskussionen mitten in der Nacht. Dann konnten die Kleins fast nicht mehr schlafen. Herr Klein hatte also Grund genug, Herrn Meiers Nachtruhe ein wenig zu stören.

Ein paar Tage später – es war der letzte Samstag vor Weihnachten – machte sich Herr Klein auf den Weg, um im nahe gelegenen Supermarkt einzukaufen. Seine Frau hatte ihn dazu verdonnert, weil er ihr mit seinem Schimpfen über die Nachbarn auf die Nerven gegangen war. Er musste am Haus von Herrn Meier vorbei und erblickte ihn gebückt im Garten stehend. Er war froh, dass dieser ihn nicht sehen konnte, und eilte von dannen.

Als er eine Stunde später zurückkam, fand er Herrn Meier auf einer Stufe sitzend vor. Er sah krank aus, starrte regungslos vor sich hin, und Herr Klein fragte sich, ob er möglicherweise einen Herzinfarkt hatte.

‚Guten Tag, Herr Meier', sprach er ihn an. Herr Meier regte sich nicht. Herr Klein ging die Einfahrt ein paar Schritte hinauf. ‚Herr Meier, fehlt Ihnen was?'

Da kam endlich Bewegung in den alten Mann. ‚Was soll mir denn fehlen?'

‚Sie sahen so aus, als ob Ihnen nicht gut sei', verteidigte sich Herr Klein, der schon wieder merkte, wie sein Adrenalinspiegel anstieg, da Herr Meier so unhöflich und unfreundlich war.

‚Nur eine kleine Schwäche.' Herr Meier erhob sich umständlich.

‚Na, nun kommen wohl bald Ihre Kinder', sagte Herr Klein, der das Thema wechseln wollte.

‚Nein, die kommen dieses Jahr nicht', brummte Herr Meier und verschwand in seinem Haus.

Als Herr Klein seiner Frau davon erzählte, beschloss sie, ihren Nachbarn an Heiligabend einzuladen. Herr Klein schimpfte und zeterte und drohte an, er werde Weihnachten in einem Hotel verbringen. Aber es half alles nichts, und am 24. trat Herr Meier in das Klein'sche Esszimmer. Die Stimmung war frostig und auch Frau Kleins hervorragende Gans und all ihr Bemühen, die Lage zu verbessern, konnten nichts daran ändern. Nach einer Weile verebbte die mühselige Unterhaltung und Schweigen breitete sich aus. Als seine Frau den Nachtisch gebracht hatte, hielt Herr Klein es schließlich nicht mehr aus und fuhr Herrn Meier an.

‚Was haben Sie sich nur dabei gedacht, Ihre Einfahrt so verkommen zu lassen? Hat es Ihnen solche Freude bereitet zu sehen, dass unsere dadurch auch abgesackt ist? Was sind Sie nur für ein mieser Kerl, dass Sie alles tun müssen, um uns das Leben schwer zu machen?'

Herr Meier schaute ihn überrascht an. Er hätte jetzt zurückschlagen und Herrn Klein ein paar der dummen Sachen aufzählen können, die der im Laufe der Jahre getan hatte, nur um seinerseits Herrn Meier leiden zu lassen. Aber er sagte nur: ‚Ich hatte kein Geld dafür.'

Herr Klein war verblüfft und auch seine Frau. ‚Ja, aber Sie haben sich uns gegenüber doch so geäußert, als ob Sie nur keine Lust hätten, die Absenkung auffüllen zu lassen, weil wir Sie darum gebeten haben!'

Herr Meier wurde rot. ‚Na ja, ich wollte das nicht so sagen. Man gibt doch nicht so einfach zu, dass man kein Geld mehr hat. Die Krankheit meiner Frau und die Beerdigung haben alle unsere Ersparnisse aufgebraucht und meine Rente ist nicht so hoch. Wenn unbedingt etwas am Haus zu machen ist, dann bezahlen das meine Kinder.'

Das änderte einiges. Herr Meier schämte sich, weil er dem armen Mann so kurz nach dem Tod seiner Frau so zugesetzt hatte. Er entschuldigte sich dafür, dass er gedacht hatte, Herr Meier habe seine Auffahrt aus reiner Boshaftigkeit nicht machen lassen, und dass er das als Anlass für manche Retourkutsche genommen hatte. Daraufhin entschuldigte sich Herr Meier dafür, dass er ganz bewusst einen falschen Eindruck erweckt habe, weil er zu stolz gewesen sei, die Wahrheit zu sagen. Dann bot Herr Klein ihm an, dass er ihm gerne helfe, wenn er etwas zu arbeiten habe, das ihm schwerfiel. Und Herr Meier bot ihm an, dass er gerne rüberkommen und sich seine Modellflugzeugsammlung anschauen könne, da seien nämlich ein paar alte und seltene Stücke dabei.

Frau Klein lächelte und schwieg dazu. Fünfzehn Jahre Feindseligkeiten waren an diesem Heiligabend wie weggeblasen, und auch wenn ihr Mann manchmal schon schwierig sein konnte, hatte doch seine Offenheit endlich den Weg zu einem freundlichen Miteinander geebnet. Als sie hinüber ins Wohnzimmer gingen, wo der geschmückte Tannenbaum stand und die Geschenke lagen, wurde eifrig erzählt und gelacht, und es war ganz so, wie es an Weihnachten sein soll."

12. Dezember

Pjotr Olschewski hatte ein Problem, und gerade flog es quer durch die Fahrerkabine seines Lieferwagens. Ein silberfarbener Mercedes C180 hatte vor ihm eine Vollbremsung hingelegt, und es blieb Pjotr nichts anderes übrig, als es ihm gleichzutun, wollte er dem Pkw nicht hinten drauffahren. Er schimpfte leise vor sich hin und stellte sich lieber nicht so genau vor, wie es den Paketen und Päckchen hinten im Lieferwagen ergangen war. Dem Gepolter nach waren sie alle durcheinandergefallen, und es würde ihn unnötige Zeit kosten, sie neu zu sortieren. Sein spezielles „Problem" lag jetzt vor dem Beifahrersitz auf dem Boden. Pjotr hob es auf und pustete ein paar Schmutzkrümel ab. Wunderbarerweise sah es noch wie neu aus. Er hätte wetten können, dass es verschrammt und verdrückt sein würde nach diesem Sturz.

Es war ein typischer Montag, daran änderte auch der Dezember nichts. Im Gegenteil – er machte eher alles schlimmer, denn in der Vorweihnachtszeit verschickten die Menschen alles Mögliche in Paketform, und er hatte mehr als sonst auszuliefern. Er freute sich schon darauf, wenn Weihnachten endlich vorüber war, und erzählte auch gerne jedem davon. Nein, ausgesprochen adventlich war ihm nicht zumute. Eigentlich war er ein Adventsmuffel – kein Weihnachtsmuffel, denn auf die Feiertage freute er sich wiederum, besonders auf die großen Familienessen daheim in Polen oder auch hier in Deutschland, wenn die Verwandtschaft bei ihnen zu Besuch war. Bei dem Gedanken an den Karpfen seiner Mutter knurrte ihm der Magen.

Das löste aber noch nicht sein „Problem". Es lag in einer würfelförmigen, stabilen goldfarbenen Pappschachtel, die mit einer großen dunkelroten Samtschleife verziert war. Das Ganze sah sehr hübsch aus, edel und kostbar, eigentlich das, was man unter dem Weihnachtsbaum gerne liegen hätte. Die eigentliche Schwierigkeit war der Inhalt der Box, nämlich eine Flasche Parfüm. Pjotr hatte sie am Samstag in einer Boutique geschenkt bekommen, und er wusste bis heute nicht, weshalb eigentlich. Es war zweifellos ein teures Parfüm, aber seine Frau wollte es nicht. Ihr gefiel der Duft nicht.

„Zu schwach und zu blumig“, fand sie.

Seine Mutter wollte es auch nicht. „Ich nehme kein Parfüm, das weißt du doch. Ich bekomme Ausschlag davon“, hatte sie entrüstet gesagt.

Seine Tochter hatte es ebenfalls abgelehnt. „Nee, das ist doch was für alte Frauen“, war ihre Meinung dazu.

Pjotr hatte die Schachtel den ganzen Sonntag immer wieder angestarrt und überlegt, wem er es geben konnte. Zum Wegwerfen war das Parfüm einfach zu schade, dazu diese hübsche Verpackung ...

Er hatte es schließlich mit auf seine Route genommen. Man konnte ja nie wissen – er läutete bei so vielen Menschen, irgendeinem davon würde er doch wohl dieses Duftwasser überlassen können! Und er hatte Glück. Nachdem er Ordnung im Laderaum geschaffen hatte, war die nächste Station auf seiner Route eine Frau um die fünfzig, die ihm in einem orange-blau gestreiften Haushaltskittel erhitzt die Tür öffnete. Haarsträhnen hingen wirr in ihrem feuchten Gesicht, an den Händen hatte sie gelbe Gummihandschuhe, die voller Schaum waren. Ohne ein Wort unterschrieb sie für ihr Päckchen und nahm es in Empfang.

„Hier, das gehört dazu“, sagte Pjotr, legte die goldfarbene Box mit der Samtschleife auf das Päckchen, das die Frau bereits in den Händen hielt, und eilte davon.

Die Empfängerin sah ihm verdutzt hinterher. In ihrer Küche zog sie die Gummihandschuhe aus und öffnete die Schachtel. Als sie das Parfüm sah, fiel ihr ein, dass sie doch noch ein Geschenk für eine Freundin brauchte, die in einer Stunde auf einen Kaffee vorbeikommen wollte. Wie praktisch, nun hatte sie etwas Passendes! Hastig machte sie sich wieder ans Werk, damit die Fenster auch wirklich strahlten, wenn ihr Besuch kam.

Das Parfüm in seiner goldfarbenen Schachtel legte an diesem Montag eine erstaunliche Reise zurück und durchlief etliche Hände. Die Freundin nahm es beglückt in Empfang und gab es gleich darauf weiter an ihre Postbotin. Diese ließ es bei der netten Bäckersfrau, die ihr öfter mal eine Brezel zusteckte, wenn sie Briefe brachte. Die Bäckersfrau schenkte es ihrer Nichte, die ihre Hausaufgaben an dem Tag hinten in der Backstube machte. Die Nichte gab es ihrer Nachhilfelehrerin, einer Abiturientin. Die Abiturientin reichte es weiter an eine Obdachlose in der City, von wo aus es unauffällig in eine Einkaufstasche wanderte, als die Obdachlose gerade nicht hinsah. Aus der Einkaufstasche fiel es in einen Krabbelsack, und aus diesem zog es ein Immobilienmakler. Der gab es seiner Steuerberaterin, und die überließ es ihrer Schwester.

Am Nachmittag befand sich das Parfüm erneut in einem Auto und fuhr Richtung Bodensee. In Kressbronn geschah dann das Malheur: Das Auto blieb stehen und wollte nicht mehr weiter. Der Abschleppdienst kam und brachte es zur nächsten Kfz-Werkstatt. Dort wurde der Wagen von einer freundlichen jungen Frau untersucht und im Handumdrehen mit dem nötigen Ersatzteil versehen. Die junge Frau freute sich, denn sie war noch in der Ausbildung, und ihr Meister klopfte ihr anerkennend auf die Schulter. Die Autobesitzerin freute sich noch viel mehr, denn sie musste am selben Abend noch nach Schaffhausen, und voller Dankbarkeit überließ sie der jungen Frau ihr teures Parfüm in der hübschen Schachtel. Die junge Mechanikerin nahm es nach Feierabend mit nach Hause, und dort fand das Eau de Parfum endlich seinen Bestimmungsort: den Badezimmerschrank in einer kleinen Einzimmerwohnung.

Die neue Besitzerin nahm abends ein entspannendes, heißes Bad mit reichlich Badeschaum. Als sie sich abgetrocknet hatte, holte sie die runde Glasflasche aus dem Karton – wobei sie die dunkelrote Samtschleife vorsichtig zur Seite legte, um sie vielleicht wiederverwenden zu können – und sprühte sich ihren neuen Duft auf. Er gefiel ihr ausnehmend gut. Frisch war er, ein bisschen blumig, ein bisschen kühl, ein bisschen roch es nach Äpfeln und Rosen. Welch eine nette Überraschung an einem Dezembermontag!

13. Dezember

Papa, was machst du da?“ Die vierjährige Charlotte stand in der Tür und ließ eisige Luft herein. Ein pfeifender Wind hatte sich in der Nacht erhoben und erinnerte daran, dass es Dezember war.

Henrik Vanderreet sah kurz auf. „Ich arbeite.“

„Kann ich zusehen?“

Er blickte noch einmal auf und nickte seiner Tochter zu. „Na schön, wenn du mich nicht störst und genügend Abstand hältst.“

Er ging zu ihr und drückte das große Tor zu, als sie drinnen war. Es war kalt genug in seinem Atelier, einer ehemaligen Scheune. Sie war nicht beheizbar, und das machte seine Arbeit im Winter manchmal richtiggehend unangenehm. Andererseits, wenn er in eins seiner Werke vertieft war, wurde ihm die Kälte oft nicht bewusst, und er kam dann ganz ausgekühlt ins Haus zurück. Er musste aufpassen, dass Charlotte nicht zu lange blieb und sich eine Erkältung holte.

„Was ist das?“ Charlotte deutete neugierig auf den grob behauenen gelben Sandsteinklotz aus Italien, an dem Henrik arbeitete. Sie saß auf einer Holzkiste, auf der eine alte Wolldecke lag, die als Sitzpolster und Schutz gegen Kälte und Splitter diente.

„Das ist eine Auftragsarbeit für eine Stadt. Es ist die Nachbildung eines berühmten Mannes von dort und die Skulptur wird im Innenhof des Rathauses aufgestellt.“

Charlotte zog die Stirn kraus und musterte kritisch das, was von der Figur zu erkennen war. „Der sieht aus wie Josef“, erklärte sie schließlich bestimmt.

Henrik, der gerade wieder mit Hammer und Meißel seine Arbeit aufnehmen wollte, ließ die Werkzeuge sinken. „Josef? Welcher Josef denn?“

„Na, der Josef von Josef und Maria.“ Charlotte warf ihm einen Blick zu, der deutlich machte, dass er das eigentlich wissen müsste.

Henrik trat einige Schritte zurück und begutachtete den mannshohen Block. Er konnte nicht verstehen, was seine Tochter meinte. Wie kam sie nur auf Josef? Vermutlich, weil bald Weihnachten war und sie im Kindergarten ein Krippenspiel einübten. Überhaupt, wieso war sie zu Hause?

„Wieso bist du nicht im Kindergarten? Es ist doch erst Vormittag!"

Charlotte sah ihn erstaunt an. „Weißt du das nicht mehr? Der ist doch geschlossen wegen Mumps."

Ach ja, sie hatte recht, jetzt fiel es Henrik wieder ein. Meike, seine Frau, hatte es ihm am vorigen Abend mitgeteilt, ehe er zu seinem Treffen mit der jungen Kfz-Mechanikerin gefahren war. Mumps, wie ärgerlich, dachte er noch, doch schon sprangen seine Erinnerungen zurück zu der jungen Frau, der er begegnet war. Er hob Hammer und Meißel an den Stein und fing an zu arbeiten, während er seinen Gedanken freien Lauf ließ. Alles, was um ihn herum war, blendete er innerhalb von Sekunden komplett aus.

Er sah die junge Frau vor sich. Er hatte sie in der letzten Woche in der Werkstatt entdeckt, als er seinen Wagen zum Ölwechsel hingebracht hatte. Sie war ihm aufgefallen, denn sie sah fast genauso aus wie die Skulptur, die er als Nächstes angehen wollte, nachdem er mit dieser Auftragsarbeit fertig war. Er hatte bereits alles vor seinem inneren Auge. Es sollte eine Landfrau werden, eine Bäuerin aus dem vorletzten Jahrhundert, wie es so viele in dieser Gegend unweit des Bodensees gegeben hatte. Doch sie sollte nicht einfach nur Bäuerin sein; er wollte sie darstellen als Mutter der Natur, der Erde: warm, offenherzig, hilfsbereit, und doch verschlossen, auf sich konzentriert, in den Umständen gefangen. Es würde schwierig werden, er wusste noch nicht, welches Material er verwenden sollte. Er brauchte auch noch ein paar Fotografien der jungen Frau. Hieß sie nicht Cosima? Kein schlechter Name im Grunde, vielleicht nannte er die Skulptur sogar nach ihr. Meike würde es freuen. Sie war es leid, immerzu sein Modell zu sein.

„Papa, weißt du, was Niklas gestern gemacht hat?", drang die empörte Stimme seiner Tochter in seinen Gedankengang.

„Hm?", brummte er und war gleich darauf wieder ganz woanders, während Charlotte in epischer Breite von Niklas' neuesten Untaten berichtete. Henrik hatte den ganzen Abend über an Äpfel denken müssen. Es war verrückt, bis er darauf gekommen war, dass es Cosimas Parfüm sein musste. Jetzt dachte er auch wieder an Äpfel, außerdem an Nüsse,

Lebkuchen, Mandelkern ... Henrik wischte sich mit dem Ärmel über die Augen. Mandelkern? Wo war denn dieses Wort hergekommen? Ein Gesicht tauchte vor ihm auf und die Idee, diesem Menschen ein Geschenk zu machen. Henrik zuckte zusammen.

„… und dann hat Wanja ihm den Saft weggenommen und dabei alles verschüttet ...“, tauchte Charlottes Stimme kurz im Hintergrund auf. Wieso sollte er dem verschrobenen alten Vogtmann überhaupt etwas schenken? Der alte Mann war ein Stinkstiefel und machte ihm das Leben schwer, wenn er konnte. Im Dorf waren Henrik und seine Familie ohnehin Exoten, zugezogen vor einigen Jahren aus Nordrhein-Westfalen, noch dazu Künstler. Was konnten die Menschen hier auf dem Land schon mit Künstlern anfangen? Nichts. Sie hatten sie von Anfang an misstrauisch beäugt und skurrile Gerüchte verbreitet. Meike und er hatten sich nach Kräften bemüht, mit den Einheimischen ins Gespräch zu kommen und Freundschaften aufzubauen, aber es war mühsam und vor allem eine langwierige Sache. Hier und da gelang es allmählich; sie waren inzwischen besser integriert, und man begann, einen gewissen Stolz darauf zu entwickeln, dass zwei renommierte Kunstschaffende – er als Bildhauer und Meike als Malerin – zum Dorf gehörten. Man bekam so langsam mit, dass sie in Deutschland nicht ganz unbekannt waren.

Aber Wenzel Vogtmann weigerte sich beharrlich, Sympathie zu zeigen oder auch nur freundlich zu grüßen. Er war der übernächste Nachbar und kam täglich an ihrem Hof vorbei, warf ihnen verächtliche Blicke zu, wann immer er sie zu Gesicht bekam, und schwieg. Henrik wehrte sich gegen die Idee, aber sie war hartnäckig. Er sah sich mit einem Korb voller Lebensmittel vor Vogtmanns Haustür stehen, obendrauf eine Tüte mit den leckersten Weihnachtsplätzchen der Welt, Meikes Terrassenplätzchen. Es war eine Schnapsidee! Henrik betrachtete den Sandstein und fand, er sollte an der rechten Schulter noch mehr Rundung herausarbeiten.

Charlotte plapperte munter vor sich hin. „... aber Mama meint, dass Mia gar nichts dafür kann, weil nämlich ...“

Henrik war Künstler und als solcher gewohnt, absurde Ideen zu bekommen, die Dinge aus anderen Blickwinkeln zu betrachten, neue

Wege zu gehen, die abseits des Mainstreams lagen. Oft genug fühlte er sich als Avantgardist in einer Welt, die in Konventionen und eingeschliffenen Denkweisen gefangen war. Er war mit seiner Intuition, seinem Bauchgefühl, vertraut. Er hatte keine Angst, Eingebungen zu folgen. Aber das? Er würde sich doch zum Narren machen! Vogtmann würde sich kaputtlachen und danach überall im Dorf herumerzählen, was für ein einfältiger Dummkopf er war. Henrik fühlte bereits Verlegenheit in sich aufsteigen, ein Vorabschämen für etwas, was er noch gar nicht getan hatte. Wo kam bitte diese absurde Idee her?

„Glaubst du das auch, Papa? Dass Gott uns immer sieht?", drang Charlotte in seinen Gedankenstrom ein.

„Hm?"

Seine Tochter sah ihn vorwurfsvoll an.

„Oh ja, aber sicher, Schätzchen", entgegnete Henrik.

Charlotte setzte ihre Erzählung fort.

Gott?, dachte Henrik erschrocken. War das eine göttliche Eingebung? Das war doch unmöglich. Obwohl, Meike würde das sicher nicht finden.

Hätte er nur nicht den ganzen Abend über dieses Parfüm in der Nase gehabt! Er war sich sicher, dass der Apfelduft an allem schuld war. Er musste jetzt damit aufhören. Er würde diese Anwandlung von Größenwahn und Almosenberufung nicht weiter beachten und aus seinem Kopf verbannen! Entschlossen meißelte Henrik ein kleines Stück Stein am Ellbogen heraus.

„... du sollst ihm das schenken!"

Erschrocken fuhr Henrik hoch. „Was? Was hast du gesagt?"

Charlotte stockte verunsichert.

„Sag das noch mal!", forderte Henrik seine Tochter auf.

„Du sollst ihm das schenken?" Sie wusste nicht, was auf einmal los war.

Henrik eilte zu ihr, warf seine Werkzeuge auf eine Bank und hob Charlotte hoch. „Du hast ganz recht, mein Engel, weißt du das?" Er drückte ihr einen dicken Kuss auf die Wange. „Komm, wir haben etwas zu erledigen. Außerdem wird es hier jetzt zu kalt für dich."

Er setzte seine kleine Tochter wieder auf den Boden und ging mit ihr zum Tor. Als er es aufgeschoben hatte und Charlotte schon zum Haus rannte, sah er sich noch einmal um. Verblüfft starrte er auf den gelben Sandsteinblock.

Meine Güte, sie hat ganz recht: Der sieht wirklich aus wie Josef!, dachte er noch, ehe er das Tor hinter sich zuschob.

Terrassenplätzchen

Zutaten:

300 g Mehl
100 g gemahlene Mandeln
125 g Puderzucker
1 Päckchen Vanillezucker
225 g Butter

Außerdem:

rotes Gelee ohne Kerne (z. B. von Johannisbeeren oder Himbeeren)
60 g Puderzucker
1 Päckchen Vanillezucker

Zubereitung:

Die Zutaten für den Teig mit Knethaken zu einem festen Teig kneten. Abgedeckt ca. 30 Minuten in den Kühlschrank stellen. Auf einer bemehlten Fläche den Teig ca. 3 mm dick ausrollen. Ausstechen, z. B in Sternform in zwei oder drei Größen. Auf der mittleren Schiene des Backofens bei 180 °C (Umluft) backen, bis die Spitzen leicht hellbraun werden.

Nach dem Abkühlen mit Gelee bestreichen und zusammensetzen. Puder- und Vanillezucker vermischen und die Plätzchen damit bestreuen.

14. Dezember

Im grauen Licht der Morgendämmerung fielen dicke, weiche Schneeflocken still zur Erde. Der scharfe Wind hatte sich gelegt, ein vorweihnachtlicher Friede hatte sich ausgebreitet und das Thermometer zeigte wenige Grad unter null.

Wenzel nickte zufrieden, als er aus dem Fenster über die Äcker schaute, die bereits unter einer dünnen weißen Decke verborgen waren. Der Schnee blieb liegen, genau, wie er es sich gewünscht hatte. Hilde wäre entzückt. Wenzel zog sämtliche Vorhänge auf und füllte anschließend Kaffeepulver und Wasser in die Kaffeemaschine, holte den Käsekuchen aus dem Kühlschrank und stellte ihn auf den liebevoll gedeckten Küchentisch, wo sie immer frühstückten. Zwischen den beiden Gedecken stand der Adventskranz, auf dem Wenzel drei Kerzen anzündete. Er war so schön geschmückt, ganz nach Hildes Geschmack, mit orangefarbenen Schleifen, kleinen Zieräpfeln, Moos und winzigen Kügelchen aus mattiertem Glas. Die vier dicken braunen Kerzen sahen aus, als hätte man das Wachs mit einer Schicht Frost überzogen.

Eine grauweiße Katze kam in die Küche und strich ihm um die Füße, um Guten Morgen zu sagen.

„Hallo, Susi, bist du schon auf? Warst du heute Nacht unterwegs?" Wenzel beugte sich hinunter, um den kleinen Vierbeiner zu streicheln. Die Katze miaute eifrig, als wolle sie ihm antworten. „Ja, ich weiß, du bist hungrig. Hier, schau mal, was es heute Feines gibt."

Er zeigte ihr die kleine Dose; zur Feier des Tages gab es Thunfisch, eine Leckerei, die Susi in höchstes Entzücken versetzen würde. Mit Sorge dachte Wenzel kurz an sein knappes Budget und an das Loch, das Katzenfutter und -streu und vor allem der Käsekuchen hineingerissen hatten. Den Kuchen hatte er selbst am Vortag nur mit den feinsten Zutaten gebacken. Das musste einfach sein, es war Hildes Lieblingskuchen. Wenn es notwendig war, dann würde er eben ein bisschen hungern; einschränken konnte er sich gut. Hauptsache, Hilde hatte ihren Kuchen und Susi mangelte es an nichts!

„Rate mal, Susi, wer heute Geburtstag hat!", sagte Wenzel fröhlich zu der Katze, die ungeduldig darauf wartete, dass er den verheißungsvoll duftenden Futternapf endlich auf den Boden setzte. Wenzel ließ sie nicht länger warten und beugte sich hinunter. Susi stürzte sich auf den Fisch und der alte Mann sah ihr amüsiert zu.

„Ja, das ist gut, nicht wahr? Ich weiß doch, was meinem Kätzchen schmeckt. Und du weißt schon, dass heute ein besonderer Tag ist, meine Kleine, denn so etwas Feines bekommst du nicht alle Tage." Wenzel drehte sich zur Kaffeemaschine um, die aufgehört hatte zu blubbern, und nahm die volle Kanne heraus, um sie auf den Tisch zu stellen. „Heute ist Hildes Geburtstag, Susi, deshalb feiern wir ein bisschen. Siehst du? Hier steht ihr Lieblingskuchen, ich muss nur noch einen Tortenheber holen."

Während er der Katze alles erklärte, lief Wenzel herum und erledigte die letzten Handgriffe. „Die Kerzen brennen schon, der Kaffee ist fertig, Sahne steht auf dem Tisch, denn an besonderen Tagen trinkt Hilde ihren Kaffee gerne mit echter Sahne. Was meinst du wohl, wie dir das schmecken würde?" Er kicherte vor sich hin. „Echte, frische Sahne von einem unserer Bauern. Ganz was Feines."

Wenzel drehte sich noch einmal zu Susi um, die die letzten Reste aus dem Napf leckte. „Es fehlt nur noch Hilde, aber vorher gehe ich vor die Tür und sehe nach, ob die Post schon gekommen ist."

Vermutlich nicht, denn es war noch früh am Tag, aber man konnte nie wissen. Wenn schon Geburtstagsgrüße für seine Frau im Briefkasten lagen, wollte er sie auf jeden Fall gleich hereinholen, und die Zeitung war bestimmt schon da. Gespannt ging er den Hausflur entlang, drehte den Schlüssel im Schloss und öffnete die Haustür. Überrascht sah er nach unten.

Auf der Fußmatte stand ein großer Korb, randvoll gefüllt mit Köstlichkeiten – Wurst, Käse, Brot, Wein, exotische Früchte, Marmelade, Honig, ein Christstollen, Nudeln, ein großer geräucherter Schinken und eine Tüte mit Weihnachtsgebäck. Der Korb quoll über, so voll war er. Eine Tafel Schokolade war heruntergefallen und lag neben dem Korb auf der Schwelle. Wenzel bückte sich, um sie aufzuheben und zurückzustecken, dann nahm er den Korb hoch. Schwer war er, er musste sich anstrengen. Wenzel konnte nur den Kopf schütteln vor Verwunderung. Er war so verblüfft, dass er vergaß, zum Briefkasten zu gehen, und das Geschenk direkt in die Küche trug. Auf der Anrichte stellte er es ab.

„Nun sieh dir das an, Susi! Was sagst du dazu? Ich kann das gar nicht verstehen. Wieso schenkt uns jemand etwas zu essen? Habe ich den Eindruck erweckt, ich würde hungern?“ Das gefiel ihm gar nicht. Wenzel zog die Augenbrauen zusammen, sodass eine tiefe Furche über der Nase entstand. Das tat er oft, man konnte es an der Falte sehen, die schon lange nicht mehr richtig wegging und ihm ein beständig strenges Aussehen gab.

„Auch wenn wir nicht viel Geld haben, das gibt noch lange niemandem das Recht, uns Almosen vor die Tür zu stellen!“ Erbost starrte er den Inhalt des Korbes an und ballte die Fäuste. Was dachten die sich eigentlich? Wurde im Dorf etwa über sie getratscht? Zerrissen die sich die Mäuler darüber, wie arm Vogtmanns waren? Während er sich so düstere Gedanken machte, fiel ihm plötzlich etwas ein.

„Ach, Susi, wie dumm von mir! Ich habe ganz vergessen, was heute für ein Tag ist. Heute hat doch Hilde Geburtstag! Es muss ein Geschenk für sie sein.“ Wenzel atmete erleichtert auf – doch keine Almosen, sondern ein nett gemeintes Geschenk für seine Liebste. „Da wird sie sich aber freuen. So etwas hat sie ja noch nie bekommen. Komm, Susi, wir holen sie und erzählen ihr gleich von dem Korb.“

Wenzel durchstöberte ganz kurz die Köstlichkeiten, die so einladend vor ihm standen, dann durchquerte er zielstrebig die Küche und ging hinüber ins Wohnzimmer. Vor einem gerahmten Bild auf dem Sideboard blieb er stehen. Vorsichtig nahm er es hoch und strich zärtlich mit den Fingern um den Rahmen.

„Alles Gute zum Geburtstag, Hilde“, flüsterte er mit feuchten Augen. Er trug das Bild in die Küche hinüber und setzte es vor dem zweiten Gedeck auf den Tisch, genau dort, wo Hildes Platz war. Er stellte das Bild so, dass er die Fotografie anschauen konnte.

„Siehst du, Hilde? Jemand hat dir ein schönes Geburtstagsgeschenk gemacht. All die leckeren Sachen, da werden wir ganz schön üppig speisen können in den nächsten Tagen. Das ist wie Weihnachten und Geburtstag an einem Tag!“ Er lächelte wehmütig über seinen kleinen

Spruch. Den machte er jedes Jahr an Hildes großem Tag, in Anspielung darauf, wie nah ihr Geburtstag an Weihnachten lag.

Aber eigentlich mochte er nicht an Weihnachten denken. Seit seine Hilde tot war, schien diese Zeit des Jahres wie ein großes schwarzes Loch drohend auf ihn zu warten. Wenzel verdrängte das beklemmende Gefühl, das sich in ihm breitmachen wollte. Alles zu seiner Zeit, und heute war erst einmal ein Freudentag zu begehen.

„Ich weiß schon, was du sagen würdest, Hilde. Wir sollten uns über das Geschenk freuen und nicht neugierig sein. Wenn derjenige gewollt hätte, dass wir wissen, wer er ist, dann hätte er etwas dazu gesagt oder geschrieben." Er hielt inne und dachte nach. „Und ich glaube, du würdest auch wollen, dass wir etwas von dem Segen, den wir empfangen haben, an andere Menschen weitergeben. Auch wenn wir selbst nicht viel haben."

Traurig sah er auf den Käsekuchen. Langsam legte er das Messer beiseite, mit dem er den Kuchen hatte anschneiden wollen. Es schien ihm, als würde Hilde wollen, dass in diesem Jahr jemand anderes den Kuchen bekommen sollte. Das war ein großes Opfer, aber wenn Hilde es so wollte, dann würde er ihrem Wunsch entsprechen. Er wusste sogar, wen sie im Auge hatte. Das würde ihn unwahrscheinliche Überwindung kosten.

Liebevoll sah er zu seiner Hilde hinüber. „Wie du möchtest, meine Liebe, ganz wie du möchtest. Es ist dein Geburtstag."

Wenzel stand auf und stellte den Kuchen wieder in den Kühlschrank.

15. Dezember

Elise fröstelte im scharfen Wind, der mit zunehmender Höhe immer stärker blies. In einem metallenen Gitterkäfig wurde sie zusammen mit den beiden Leuten, die sie vorbereiten sollten, an einem Kran nach oben gezogen. Es war vielleicht nicht die beste Jahreszeit für diese Unternehmung, aber sie hatte nicht widerstehen können, als sie erfuhr, dass es ein Adventsspringen geben sollte. Das Wetter war eigentlich nicht übel, trocken, aber ziemlich kalt, und je höher die Kabine kletterte, desto eisiger wurde es. Elise fragte sich, warum sie sich das antat.

Sie fragte sich das jedes Mal, wenn sie zum Wildwasser-Rafting ging, zum Fallschirmspringen, zum Steilwandklettern oder auch zum Klippentauchen. Direkt davor fühlte sie die Angst im Nacken, den extremen Wunsch, sich an irgendetwas festzuklammern und einfach nach Hause zu gehen. Bis sie den Kopf abschaltete und sich überwand. Danach war es nur noch der pure Rausch, der sie als neuen Menschen aufsteigen ließ wie einen Phönix aus der Asche. Ein unglaubliches Gefühl, das nichts sonst ihr geben konnte. Ihre Eltern verstanden das nicht und sie sprachen kaum über ihr Hobby, aber Elises Freund war ihr in dieser Beziehung sehr ähnlich. Auch er liebte diese Herausforderungen und ging ebenso wie sie gerne über die eigenen Grenzen.

Es wurde nicht viel gesprochen, während die Kabine sie in 130 Meter Höhe beförderte, und Elise dachte kurz an die Boutique. Carmen war so nett gewesen, ihr außerplanmäßig den Vormittag freizugeben, damit sie sich diesen Traum erfüllen konnte. Das war keine Selbstverständlichkeit im Weihnachtsgeschäft. Carmen war eine gute Chefin, aber Elise sah sich nicht auf Dauer als Verkäuferin. Seit zwei Jahren arbeitete sie in dem Geschäft, und das war eigentlich genug. Es war Zeit, etwas Neues zu tun, doch diese Entscheidung konnte noch bis zum nächsten Jahr warten. Jetzt war das hier wichtig.

Mit einem sanften Ruck kam der Gitterkäfig zum Halten. Elise sah über den Rand hinunter. Ein leichtes Schwindelgefühl erfasste sie, als sie den Boden so weit unter sich sah, die kleinen Menschen, das winzige Luftkissen, das zu ihrer Sicherheit dienen sollte. Ich kann das nicht, fuhr es ihr durch den Kopf, doch sie verdrängte den Gedanken. Klar kann ich das. Ich bin nicht die Erste und werde nicht die Letzte sein. Es wird mir nichts passieren, alles wird gut. Das ist ein riesengroßes, unvergleichliches Abenteuer, von dem ich später meinen Kindern und Enkeln erzählen werde. Die beiden anderen legten ihr die Gurte um und schnallten sie fest. Schließlich kam das dicke Gummiseil und wurde an ihren Fußgelenken befestigt.

„Alles klar?“

Elise nickte. Nichts war klar. Sie war dabei, aus 130 Metern in die Tiefe zu stürzen, gehalten von einem Strick an ihren Beinen. Sie war wahnsinnig! Sie würde auf dem Boden aufschlagen. Es würde ihr die Füße abreißen. Elise machte einen Schritt nach vorne. Hier war kein schützendes Geländer. Ihre Füße befanden sich am Rand der Plattform, vor ihr war nur die Luft. Elise hörte das Blut in den Ohren rauschen, spürte das Herz so heftig pochen, als wäre sie gerade ein Rennen auf Leben und Tod gelaufen, ihr Atem ging heftig und stoßartig. Ihre Finger klammerten sich am Metall fest. Die Leute hinter ihr warteten, bis sie bereit war. Sie würde nie bereit sein. Sie war so knapp vor dem Sterben.

Elise zwang sich dazu, das Geländer loszulassen, und versuchte, ihre Atmung zu kontrollieren. Die Angst lähmte sie, und es kostete sie eine unheimliche, zähe Anstrengung, die Hände zu heben. Zu beiden Seiten streckte sie sie aus, wie ein Vogel seine Flügel.

Fang bloß nicht an, mit den Armen zu schlagen, dachte sie. Wieder fühlte sie Schwindel und hatte Sorge, über den Rand zu fallen, ehe sie bereit wäre. Doch sie wusste, dass sie nie bereit sein würde.

Hinter ihr begannen die beiden Begleiter zu zählen:

„4 – 3 – 2 – 1 – Sprung!“

Und Elise sprang.

Mit dem Kopf voran donnerte sie nach unten, dem Boden entgegen. Sie konnte nicht atmen, es war so merkwürdig still. Wie in einem Vakuum. Nur das Blut rauschte weiter in ihren Ohren, viel stärker als zuvor, aber das mochte ihr nur so vorkommen, weil sie sonst nichts hörte. Sie fühlte sich frei, nichts zählte mehr, nichts war mehr wichtig. Elise bewegte sich durch Raum und Zeit, als besäße sie keinen Körper. Dann spürte sie das Seil an ihren Füßen, das den Fall auffing und sie zurückzog. Als ihr Körper nach oben schleuderte, holte sie keuchend Luft.

Elise wickelte sich den hellblauen Kaschmirschal, den sie vor ein paar Tagen von Carmen geschenkt bekommen hatte, um den Hals, doch sie wusste kaum, was sie tat. Sie war nicht sie selbst; sie war auf einem Trip und fühlte sich schwerelos. Der Bungee-Sprung war mit absolut nichts vergleichbar, was sie bisher erlebt hatte! Sie hatte Carmen versprochen, anschließend in die Boutique zu kommen, aber das war unmöglich. Sie konnte jetzt nicht arbeiten gehen, als wäre dies ein ganz normaler Tag. Sie musste sich bewegen, musste aktiv sein, um das Adrenalin abzubauen, das ihren Körper überschwemmte. Elise nahm den Schal wieder ab. Ihr war viel zu warm nach diesem Abenteuer. Sie packte ihre Sachen zusammen und machte sich auf den Weg.

„Hallo! Hallo! Sie haben Ihren Schal verloren!“, rief jemand hinter ihr her. Elise war so in Gedanken, dass sie es kaum mitbekam, doch endlich drehte sie sich um. Eine Frau in einem altertümlichen Kleid eilte hinter ihr her, den Schal in der Hand.

„Vielen Dank“, sagte Elise und nahm das kostbare Stück entgegen. Der Schal musste auf den Boden gefallen sein, er war nass und hatte schmutzige Flecken. Elise ärgerte sich über ihre Nachlässigkeit, denn es war ein teurer Schal und Carmen wäre ebenfalls enttäuscht über ihren Umgang mit diesem Geschenk.

„Hier, probieren Sie es damit“, bot die Frau an und hielt ihr ein blütenweißes, ordentlich gefaltetes Stofftaschentuch entgegen. In einer Ecke befand sich ein sorgfältig eingesticktes Monogramm mit den verschnörkelten Buchstaben AD.

Als Elise sich nicht rührte, nahm die Frau ihr den Schal, ab und drückte das Taschentuch auf den Fleck. „So, sehen Sie? Wenn Sie gleich die Feuchtigkeit aufsaugen, können Sie wahrscheinlich später den Schmutz einfach ausbürsten.“

Elise nickte und beobachtete die geschickten Händen bei der Arbeit.

„Na bitte, sieht schon viel besser aus.“ Zufrieden reichte ihr die Frau den Schal zurück. „Sind Sie gerade gesprungen?“, erkundigte sie sich freundlich.

Elise nickte wieder.

„Das war sicher großartig. Kein Wunder, dass Sie noch so durcheinander sind.“

„Ja, aber es geht schon wieder.“ Elise hatte endlich ihre Stimme wiedergefunden. „Haben Sie vielen Dank. Ich glaube, der Schal ist tatsächlich gerettet. Kann ich mich irgendwie erkenntlich zeigen?“

Die seltsam gekleidete Frau lachte. „Nein, das ist wirklich nicht nötig. Ich helfe doch gern.“

„Doch, doch, ich möchte Ihnen etwas geben.“ Elise wühlte in ihrem Rucksack und fand schließlich, was sie gesucht hatte.

„Nehmen Sie die bitte.“ Sie reichte der Unbekannten zwei Eintrittskarten für ein klassisches Konzert, das am Abend in der Philharmonie stattfinden sollte. Als die Frau sich wehren wollte, fügte Elise hinzu: „Ich werde ohnehin nicht hingehen. Meine Eltern haben mich überredet, die Karten zu nehmen, aber das ist gar nicht mein Geschmack.“

Zögernd nahm die Frau die Tickets. „Danke, das ist sehr großzügig.“

„Viel Spaß bei dem Konzert!“, wünschte Elise und drehte sich um. Sie fühlte, wie ihre innere Unruhe begann, überhandzunehmen. Sie musste endlich losziehen. Den Schal verstaute sie vorsichtshalber in ihrem Rucksack. Sie wollte ihn auf keinen Fall noch einmal verlieren.

16. Dezember

„Sollten wir ihn nicht aufwecken? Er schläft nun schon so lange." Agathe und Konstantin sahen auf den Mann im Bett herab.

„Er wird den Schlaf brauchen", erwiderte Konstantin. „Geben wir ihm noch eine Stunde."

In diesem Augenblick zuckte der Schlafende und öffnete gleich darauf die Augen. Zuerst musterte er die beiden Personen, dann das Zimmer, das mit üppigen Stoffen und schweren Möbeln ausgestattet war. Sein Blick blieb an den dunklen Samtvorhängen haften, die vor die Fenster gezogen waren.

„Wo bin ich?", fragte er beunruhigt.

„Sie sind in unserem Heim", erklärte Konstantin, während Agathe zum Fenster ging und die Vorhänge aufzog, um das Tageslicht hereinzulassen. Ihr Taftkleid raschelte beim Gehen, der Saum schleifte über den dezent gemusterten Orientteppich. Konstantin löschte die Petroleumlampe und wurde dabei von dem Gast beobachtet.

„Und wann bin ich?" Die Besorgnis stand dem Mann ins Gesicht geschrieben.

„Was meinen Sie?", erkundigte Agathe sich verwundert.

„Na, das!" Er deutete auf ihr üppig mit Spitzen verziertes Kleid mit dem hochgeschlossenen Kragen und der Turnüre, auf die schmal gestreifte Seidenweste mit den breiten Aufschlägen, die Konstantin trug, und dann auf den Raum, der mit viktorianischen Möbeln ausgestattet war, einschließlich der entsprechenden Beleuchtung und einem Grammophon. „Bin ich in der Zeit zurückgereist?" Schweißperlen traten auf seine Stirn.

„Oh", machte Agathe, und Konstantin fragte besorgt: „Erinnern Sie sich denn nicht an den gestrigen Abend?"

Der Mann dachte kurz nach, dann schüttelte er panisch den Kopf.

„Wir haben Sie nach dem Konzert in der Philharmonie kennengelernt. Sie saßen neben uns, und wir haben uns darüber unterhalten, wie ich die Karten geschenkt bekam und wie gut uns allen die Musik gefallen hat. Anschließend haben wir uns ein Taxi geteilt, weil Ihr Hotel sich hier um die Ecke befindet. Im Taxi sind Sie kurz ohnmächtig geworden, deshalb haben wir Sie mit zu uns genommen. Es wäre unverantwortlich gewesen, Sie sich selbst zu überlassen."

„Aber ... aber ... ich verstehe das nicht", murmelte der Mann mit schwacher Stimme und ließ sich wieder in die Kissen sinken. Sein dicker Bauch hob und senkte sich bedenklich unter der Steppdecke, sein ganzer Körper schien zu zittern. Mit einer fleischigen Hand fuhr er sich durch den weißen Bart. „Welches Jahr haben wir?", versuchte er es erneut.

„Nun, 2011 natürlich", antwortete Konstantin. „Sie sollten sich waschen und anziehen", schlug er dann vor und deutete auf die Waschschüssel auf der Kommode. „Agathe hat Ihnen warmes Wasser gebracht. Wir warten im Salon auf Sie." Damit verließen die beiden das Gästezimmer und überließen den verwirrten Mann sich selbst.

Zwanzig Minuten später betrat er das große Wohnzimmer und blieb beeindruckt stehen. Über dem Kamin rankten sich Girlanden aus richtigen Tannenzweigen, und ein wunderschöner Weihnachtsbaum stand in einer Ecke, bestückt mit echten Kerzen, die alle angezündet waren. Selbst gemachter Schmuck verzierte den Baum, eine beachtliche Anzahl Weihnachtskarten war auf den Schränken und Regalen aufgestellt worden, außerdem war der obere Teil des Klaviers ganz bedeckt von ihnen. Es duftete nach Orangen und Zimt. Ein runder Esstisch befand sich ebenfalls in dem Raum und war gedeckt mit feinem Porzellan auf einer rot-grün karierten Tischdecke mit Samtborde.

„Sie haben sicher Hunger", begrüßte Agathe ihn und leitete ihn zu einem Stuhl mit Löwenfüßen. „Bitte, nehmen Sie Platz. Möchten Sie lieber Tee oder Kaffee?"

„Kaffee."

Agathe verließ das Zimmer, Konstantin blieb mit dem Mann allein und setzte sich zu ihm an den Esstisch. „Erinnern Sie sich wieder?", fragte er, doch der Gast schüttelte nur den Kopf.

„Ich verstehe das alles nicht", sagte der Mann schließlich. „Wieso haben Sie mich mit hierhergenommen? Wir kennen uns überhaupt nicht!"

Konstantin lächelte. „Wir sind Christen. Wir sind fest davon überzeugt, dass Nächstenliebe ein hohes Gut ist, und bemühen uns, sie zu praktizieren, wann immer wir können."

Der Mann schluckte. „Und all das Viktorianische – gehört das auch zu Ihrem Glauben?"

Konstantins Lächeln wurde immer breiter. „Nein, das ist unser persönliches Steckenpferd."

Der Mann klatschte sich die Hand auf die Stirn. „Jetzt weiß ich es! Sie sind Steampunks! Ich habe kürzlich über diese Bewegung in einer Zeitschrift gelesen."

Konstantin wurde wieder ernst. „Schön, dass Sie sich an etwas erinnern können. Aber nein, wir sind keine Steampunks, sondern Anhänger der echten Viktorianischen Zeit. Deshalb verzichten wir auf viele elektrische Geräte, auf ein Auto und anderes. Wir versuchen, so originalgetreu zu leben wie möglich, einschließlich unserer Kleidung, der Essenszubereitung, der Musik, die wir hören, der Bücher, die wir lesen, der Möbel in unserer Wohnung. Sogar das Haus, in dem wir wohnen, stammt aus dieser Zeit. Beachten Sie die hohen Decken."

Agathe kam herein und schenkte dem Gast heißen Kaffee ein. „Verzeihen Sie, wenn ich frage, aber wer sind Sie? Sie haben uns gestern Ihren Namen nicht genannt."

Der Mann sah von ihr zu Konstantin und wieder zurück. „Ich bin der Weihnachtsmann."

Nun war es an dem Ehepaar, einen überraschten Blick zu wechseln.

„Ja, sehen Sie mich doch an! Mit diesem Bauch und diesem Bart gibt es keine andere Möglichkeit!" Der Mann griff sich an den Leib und ließ seinen Bauch wackeln.

Agathe konnte ein Kichern nicht unterdrücken. „Das glauben Sie nicht wirklich, oder?"

Der Mann zuckte mit den Achseln. „Hier scheint mir alles möglich." Er griff nach der Tasse und trank einen Schluck Kaffee. „Mmhhh, der Kaffee ist köstlich. Ich habe selten so einen guten getrunken."

„Das kommt daher, dass er von Hand aufgebrüht ist. Es macht zwar etwas mehr Arbeit, doch dafür ist das Aroma viel besser", erklärte Agathe erfreut und nahm nun auch Platz.

„Woher kommen Sie? Sie sagten, Sie wohnen in einem Hotel, also leben Sie vermutlich woanders“, hakte Konstantin weiter nach.

Der Weihnachtsmann runzelte die Stirn. „Wenn ich es nur wüsste. Warum kann ich mich an diese Dinge nicht erinnern?“

„Vielleicht haben Sie einen Schlag auf den Kopf bekommen?“, mutmaßte Agathe.

Ihr Gast befühlte seinen Hinterkopf. „Da ist tatsächlich eine Beule. Aber ich weiß nicht, woher sie stammt.“

„Essen Sie etwas. Wenn Sie sich besser fühlen, wird Ihnen sicher alles wieder einfallen.“

Der Weihnachtsmann ließ sich nicht lange bitten und futterte, als hätte er tagelang gehungert. Als er endlich fertig war, schob er zufrieden den Teller von sich und fasste an seine hintere Hosentasche. „Müsste ich nicht Papiere bei mir haben? Ein Portemonnaie?“

Konstantin nickte. „Ja, das wäre anzunehmen.“

Der Mann schüttelte den Kopf. „Ich habe aber nichts bei mir. Das Letzte, woran ich mich erinnere, ist, dass ich eine Straße entlanglief. Es war dunkel und ich war ganz alleine. Da waren Schritte. Ja, sie kamen schnell näher.“

„Und dann?“ Agathe lauschte gebannt.

„Und dann nichts mehr; ich weiß nicht, was dann geschehen ist.“ Der Mann blickte traurig umher. Dann richtete er sich ein Stück auf. „Oder doch, warten Sie. Jemand hat mich angesprochen. Und dann hatte ich Kopfschmerzen.“

„Das klingt ganz so, als hätte man Sie überfallen“, meinte Konstantin.

„Ja, ja, ja“, ereiferte sich der Weihnachtsmann, „genau. Man schlug mir auf den Kopf, als ich meine Geldbörse nicht rausrücken wollte. Jetzt weiß ich es wieder!“ Triumphierend sprang er auf. „Danach bin ich ins Konzert gegangen, weil ich die Karten in meiner Manteltasche fand und dachte, ich sei auf dem Weg dorthin. Und mein Name ist ...“ Er machte eine Pause; Agathe und Konstantin warteten mit großen Augen darauf, dass er weitersprach.

„... Nikolai Nestor. Ich lebe in Düsseldorf und muss morgen früh dort sein. Und ich habe kein Geld.“ Erschrocken setzte er sich wieder hin. „Ach du meine Güte, was soll ich bloß tun? Meine Zugfahrkarte war in meinem Geldbeutel, meine Scheck- und Kreditkarten, mein gesamtes Geld! Mein Ausweis auch!“ Er wurde ganz blass.

Konstantin dagegen erhob sich entschlossen. „Kommen Sie, Herr Nestor! Wir haben keine Zeit! Wir müssen in Ihr Hotel, Ihre Sachen holen und Ihr Zimmer bezahlen, und dann bringen wir Sie zum Bahnhof und setzen Sie in einen Zug nach Düsseldorf.“

„Aber das Geld ...?!“

„Machen Sie sich keine Gedanken. Sie geben es uns zurück, wenn Sie zu Hause sind. Wir können doch nicht den Weihnachtsmann von seinen dringenden Verpflichtungen abhalten!“ Er lächelte.

Nikolai erhob sich. „Ich danke Ihnen von ganzem Herzen. Nie hätte ich gedacht, dass es solche Menschen wie Sie gibt!“

„Ich sagte Ihnen doch schon, wir halten viel von Nächstenliebe und Hilfsbereitschaft“, erwiderte Konstantin.

„Ja, aber trotzdem“, widersprach Nikolai. „Sie sind schon ein bisschen verrückt, oder?“

„Und das sagt ausgerechnet der Weihnachtsmann“, konterte Agathe.

17. Dezember

Immer wieder sah er auf die Uhr und auf den Kalender. In einer Woche war Weihnachten. Bisher hatte sich nichts getan, er schwankte stärker denn je zwischen Hoffen und Bangen. Er versuchte, den Hustenreiz zu beherrschen, doch es gelang ihm nicht. Schniefend und keuchend zog er die Decke bis zur Nase. Dass er nun auch noch krank war, passte ihm gar nicht. Er hatte morgen wieder in den Gottesdienst gehen wollen, doch stattdessen würde er den vierten Advent im Bett verbringen müssen. Die schwere Erkältung gab ihm viel Zeit zum Nachdenken – und zum Beten.

„Herr Nestor!" Meike Vanderreet drängte sich durch eine kleine Ansammlung von Menschen nach vorne. „Herr Nestor!"

Der Gerufene hörte sie endlich und blickte auf. Meike erreichte ihn schwer atmend und streckte ihm die Hand hin. Der Referent nahm sie freundlich und schüttelte sie fest. Ein wenig zu fest; Meike verzog kurz das Gesicht. „Ich wollte Ihnen unbedingt sagen, dass ich Ihren Vortrag hervorragend fand. Was Sie über die Bedeutung von Kunst für die Kirchen sagten, überhaupt über Kunst und den Glauben, drückt genau das aus, was ich denke. Ich bin wirklich froh, dass ich hergekommen bin, denn eigentlich habe ich so kurz vor Weihnachten gar keine Zeit, um Vorträge zu besuchen, noch dazu, wenn sie so weit weg sind."

„Woher kommen Sie?", erkundigte Nikolai sich.

„Wir wohnen in einem kleinen Dorf in der Nähe des Bodensees. Mein Mann ist Künstler, ich ebenfalls und unsere Tochter – nun ja, sie ist vier und malt zwar gerne, aber sie soll selbst herausfinden, wo ihre Neigungen liegen."

Nikolai rieb sich unauffällig den Kopf, der schmerzte. Die Beule war besonders empfindlich, und er versuchte, sie nicht zu berühren. Die vitale Frau vor ihm strahlte ihn mit ihren leuchtenden Augen an. Er freute sich immer, positives Feedback auf seine Vorträge zu erhalten, aber er wünschte sich, er wäre weniger müde und hätte kein Kopfweh.

„Wissen Sie, dass ich nur wegen eines Käsekuchens hier bin?“, fragte Meike und lachte.

„Was? Wegen eines Käsekuchens? Wie ist das zu verstehen?“, hakte Nikolai mühsam interessiert nach und setzte sich auf einen Stuhl in Erwartung einer längeren Geschichte, für die er sich im Stehen zu schwach fühlte.

„Ein Nachbar brachte uns vor drei Tagen einen Käsekuchen. Der Kuchen war auf einer Kuchenplatte, die uns leider kaputtging. Wir fuhren also los, um einen Ersatz zu besorgen, und wurden schließlich fündig in einem Ort, in dem wir noch nie waren. Gleich neben dem Geschäft war ein Buchladen, wo mir eins Ihrer Bücher in die Hände fiel. Zu Hause ging ich im Internet auf die Webseite, die hinten in dem Buch angegeben war, und dort fand ich eine ganze Reihe von Terminen, darunter auch diesen hier.“

Nun staunte Nikolai doch. „Tatsächlich, ein Käsekuchen hat Sie hierhergeführt? Mir ging es ganz ähnlich, um ein Haar wäre ich überhaupt nicht hergekommen. Noch gestern befand ich mich in München, ohne Geld und ohne Erinnerung. Ich habe es nur einem sehr freundlichen Ehepaar zu verdanken, dass ich jetzt hier bin. Ein Erlebnis übrigens, das den Aspekt des christlichen Glaubens, den ich in meinem Vortrag beleuchtete, entscheidend beeinflusst hat.“ Er gähnte. „Entschuldigen Sie bitte, ich war erst sehr spät zu Hause und spüre noch die Nachwirkungen meines Abenteuers.“

„Wissen Sie eigentlich, dass Sie eine frappierende Ähnlichkeit mit dem Weihnachtsmann haben?“, entgegnete Meike.

Nikolai nickte. „Oh ja, das sagt man mir dauernd. Gestern hielt ich es sogar selbst für möglich, der Weihnachtsmann zu sein.“

Meike lachte kurz, dann wurde sie wieder ernst. Es war Zeit, zum Punkt zu kommen. „Ich wollte Ihnen noch etwas mitteilen: Wegen Ihres Vortrages habe ich mich entschlossen, eins meiner Bilder einer Gemeinde zu schenken. Ich habe einige meiner Werke dabei, um sie auf dem Rückweg bei der Galerie abzugeben, die sie für mich verkauft. Darunter ist ein ganz spezielles, das meiner Meinung nach sehr gut in einen Gottesdienstraum passen würde. Es ist eigentlich sogar mein liebstes Bild und auch das größte, das ich momentan habe. Ich würde es Ihnen gerne zeigen und Sie fragen, was Sie davon halten."

Nikolai war einverstanden und erhob sich, um seine Tasche zu packen und in seine Jacke zu schlüpfen. Draußen erwarteten sie ein graupelartiger Niederschlag und eine feuchte, unangenehme Kälte. Es herrschte reger Betrieb auf der Straße an diesem Adventssamstag, doch die Lichterketten auf beiden Seiten verbreiteten trotz allem eine schöne Stimmung, gerade in diesem trüben Tageslicht. Nikolai folgte Meike zu ihrem Wagen, einem Van, in dem hinten die Sitzbänke herausgenommen waren, um Platz für einige Gemälde unterschiedlicher Größe zu schaffen. Jedes war geschützt von einer rauen Stoffdecke. Meike brauchte nicht lange und bugsierte das größte Werk nach vorne, entfernte den Stoff und sagte: „Das ist es."

Höchst erstaunt beugte Nikolai sich in den Wagen und betrachtete das Bild, das ungefähr zwei Meter breit und eineinhalb Meter hoch war. „Wie sagten Sie, ist Ihr Name?"

Meike sah ihn verlegen an. „Entschuldigen Sie bitte, ich habe mich gar nicht vorgestellt. Meike Vanderreet."

„Natürlich, ich kenne einige Ihrer Werke! Das ist ganz beachtlich, ganz beachtlich!" Nikolai war fassungslos. „Und Sie sind sicher, dass Sie dieses Bild verschenken wollen? Sie könnten mindestens vierzigtausend dafür bekommen, vielleicht sogar sechzig!"

Meike nickte nachdrücklich. „Verzeihen Sie, aber das müssen Sie mir erklären", bat Nikolai.

Meike räusperte sich und holte tief Luft. „Ich sagte ja schon, dass mir die Idee durch Ihren Vortrag kam. Ich bin Christ und glaube fest daran, dass wir Gott mit unseren Gaben und Talenten dienen sollen. Schließlich haben wir sie von ihm. Natürlich weiß ich, dass Kunst, und gerade die Malerei, schon immer auch zum Glauben und zu den Kirchen gehörte. Allerdings wurde mir im Lauf des Morgens deutlich bewusst, dass ich, Meike Vanderreet, ganz persönlich einen Beitrag leisten sollte. Ich diene Gott mit meinen Werken, und meine Werke wiederum sollen dazu dienen, anderen Christen etwas mitzuteilen und sie näher zu Gott zu bringen. Deshalb habe ich mich auch für dieses

Bild entschieden. Als ich damit anfing, befand ich mich in einer Krise, doch im Laufe der Entstehung durchlebte ich verschiedene Phasen, bis ich mich schließlich Jesus so nahe fühlte wie nie zuvor und wusste, dass er in der ganzen Zeit bei mir war und mich gestärkt hat. Ich sehe das in diesem Bild, wann immer ich es anschaue, aber das ist natürlich keine Überraschung." Sie lächelte verschmitzt.

Nikolai schwieg eine Weile und ließ sich das Gehörte durch den Kopf gehen. „Also, ihr Christen gebt mir derzeit ganz schön zu denken", meinte er schließlich. „Es scheint mehr am Glauben zu sein, als ich bisher wusste. Nichtsdestotrotz, falls Sie noch keine bestimmte Gemeinde im Auge haben, wüsste ich, glaube ich, genau die richtige für das Bild. Ich kenne da einen Pastor, der sich riesig freuen würde. Er hätte ein gutes Weihnachtsgeschenk bitter nötig."

Meike war einverstanden. Sie packte das Bild vorsichtig wieder in seine Schutzhülle und ließ Nikolai dann auf dem Beifahrersitz Platz nehmen. Er sagte, sie würden etwa eine Stunde bis zu ihrem Ziel in Witten brauchen. Meike ließ sich von ihm durch die Stadt lotsen. Sie unterhielten sich nicht viel, weil sie sich auf den Verkehr konzentrieren musste, doch als sie die Stadtgrenzen hinter sich gelassen hatten, forderte Nikolai Meike auf: „So, und nun erklären Sie mir doch mal, was Weihnachten für Sie als Christ und Künstlerin bedeutet."

18. Dezember

Lotte Busch freute sich auf den Gottesdienst an diesem vierten Advent. Es gefiel ihr, wie festlich der Gemeindesaal in der Zeit vor Weihnachten geschmückt war, wie alle Gruppen besondere Beiträge vorbereiteten und sie zum Besten gaben. Sie hatte sich sogar extra in ein schickes Kleid gezwängt, das ihr früher hervorragend gepasst hatte, jetzt aber doch recht eng schien. Musste sie etwa auf ihre Figur achten? Sie war immer schlank gewesen und würde doch hoffentlich nicht jetzt, mit 60, anfangen zuzunehmen! Lotte ließ ihren Blick durch den Saal und über die bereits anwesenden Menschen schweifen. Drei Dinge fielen ihr praktisch gleichzeitig auf: Da hing ein riesengroßes Gemälde an einer der Wände; auf dem gigantischen Adventskranz gleich davor fehlten die nicht minder gigantischen Kerzen; und in einer Ecke standen der aufgebrachte Pastor und der aufgelöst wirkende Praktikant Uwe. Sie schienen in ein unerfreuliches Gespräch vertieft. Lotte schlenderte unauffällig, aber so rasch wie möglich zu den beiden hinüber.

„Das gibt es doch gar nicht, dass wir nicht wissen, wo die Kerzen sind“, sagte der Pastor gerade mit Nachdruck. „Haben wir denn keine Ersatzkerzen?“

Uwe schüttelte den Kopf.

„Wo sind diese Leute vom Deko-Team?“, wollte der Pastor als Nächstes wissen, doch auch hierauf wusste der Praktikant nichts Positives zu erwidern.

„Wir haben ein neues Bild?“, unterbrach Lotte die Befragung, um dem armen Uwe etwas Zeit zum Verschnaufen zu geben.

Der Pastor blickte sie abwesend an. „Was? Ach so, ja, das ist ein Geschenk an die Gemeinde von einer bekannten Künstlerin. Sie hat es mir gestern gebracht und Uwe hat es abends noch aufgehängt.“

„Tatsächlich?“ Lotte sah fragend zu dem Praktikanten.

„Ja, habe ich.“

„Aha, interessant. Waren die Kerzen zu dem Zeitpunkt noch auf dem Kranz?“

Uwe dachte einen Moment nach und bestätigte dann. „Als ich ging, schloss ich alles ab. Aber heute Morgen war der Gemeindesaal schon offen, als ich kam. Ich war früh dran, fast der Erste, denke ich, und da waren die Kerzen weg."

Der Pastor und der Praktikant wechselten einen Blick.

„Wer kam denn vor dir?", erkundigte sich der Pastor.

„Das Deko-Team. Sie hatten noch einiges an der Krippenszene herzurichten und haben im Café alles für das heutige Advents-Kaffeetrinken nach dem Gottesdienst vorbereitet", erklärte Uwe. „Jedenfalls waren sie schwer beschäftigt, als ich kam."

„Dann hol die Leute her!" Uwe eilte davon, Lotte blieb mit dem Pastor zurück.

„Ein schönes Bild", meinte sie, während sie warteten.

„Ja", erwiderte der Pastor ungeduldig, „ich werde im Gottesdienst noch etwas dazu sagen."

Lotte verstummte. In ihrer Eigenschaft als Putzfrau der Gemeinde hatte sie den Pastor gründlich genug kennengelernt, um zu wissen, wann man sich nicht vernünftig mit ihm unterhalten konnte, weil er zu abgelenkt war. Wie gerade jetzt. Deshalb begann sie lieber, darüber nachzudenken, warum jemand die Kerzen ausgerechnet am 4. Advent vom Adventskranz entwendet hatte, doch ehe ihr ein plausibler Grund einfiel, war Uwe mit dem Deko-Team zurück.

Der Pastor sah die vier Frauen finster an. Marianne, die Älteste der Truppe, stand aufrecht wie ein Soldat vor ihm und erwiderte seinen Blick fest. Carina, eine Mutter von zwei jugendlichen Söhnen, fuhr sich unsicher durchs braune, modern gestylte Haar, während Tanja versuchte, die Situation mit einem Lachen zu retten. Sie war eine alleinstehende Grafikdesignerin in den Fünfzigern und schwierige Situationen gewohnt. Isi dagegen machte vorsichtshalber einen Schritt zurück und ließ ihre langen Haare vors Gesicht fallen. Sie war erst siebzehn und somit das Nesthäkchen des Teams.

„Wer von Ihnen hat die Kerzen vom Adventskranz genommen?", verlangte der Pastor zu wissen. „Ich muss Ihnen nicht sagen, dass das eine Katastrophe ist! Heute ist der vierte Advent, in einer Woche ist Weihnachten! Was sollen wir ohne die Kerzen machen?!"

„Wer sagt denn, dass eine von uns die Kerzen genommen hat?“, fragte Marianne herausfordernd.

„Da gibt es leider kaum einen Zweifel“, erklärte Lotte sanft. „Gestern Abend waren sie noch da, aber heute Morgen nicht mehr. Ihr seid praktisch die Einzigen, die dafür infrage kommen.“

„Und warum sollte jemand die Kerzen nehmen?“, fragte nun Tanja mit unsicherem Lächeln.

„Das ist die große Frage“, meinte Lotte und runzelte die Stirn. „Ich gehe mir jetzt das Gemälde ansehen. Kommt jemand mit?“ Die Putzfrau erntete lediglich verständnislose Blicke und ein hilfloses Schulterzucken von Uwe.

„Was hat sie nur die ganze Zeit mit diesem Bild?“, hörte sie den Pastor noch fragen, als sie sich schon auf den Weg gemacht hatte.

Vor dem Gemälde blieb Lotte stehen. Es war von einer beeindruckenden Größe, die Leuchtkraft der Ölfarben stimmte sie heiter – jedenfalls, soweit das unter den Umständen möglich war –, und das Bild schien sich ihr mitteilen zu wollen. Es war kein gegenständliches Motiv; eher formte sich seine Botschaft nur aus den Farben, Formen und der Struktur. Lotte ließ vorsichtig die Fingerkuppen über die harten Wellenkämme aus Ölfarbe gleiten. Sie spürte eindeutig Freude, eine innere Kraft und einen tiefen Glauben. Es war ganz erstaunlich, wie das Bild zu ihr sprach, Lotte war überrascht. Im nächsten Moment wuchs ihr Staunen sogar noch, als sie nämlich etwas Unerwartetes unter den Fingerspitzen fühlte. Sie drehte sich um. Sie stand genau hinter dem Adventskranz. Hier stünde man nur, wenn man die Kerzen befestigen wollte. Oder eben abnehmen. Zum Anzünden würde man sich nicht so weit in die Ecke zwängen müssen.

Langsam, aber zielstrebig ging Lotte zu den anderen zurück. Der Pastor war in eine Diskussion mit den Damen vom Deko-Team verstrickt, Uwe stand betreten dabei und schien sich weit wegzuwünschen. In zehn Minuten fing der Gottesdienst an, und noch immer waren sie mit den Kerzen kein Stück weiter.

„Nun, Frau Busch, haben Sie sich eingehend mit dem Gemälde beschäftigt?", kommentierte der Pastor, wofür er sogar seinen Appell an das Gewissen der vier Verdächtigen unterbrach.

Lotte meinte, eine Spur von Zynismus aus der Frage herauszuhören, ging aber nicht darauf ein. „Ja, das habe ich. Es ist wirklich erstaunlich. Und ich weiß, wer die Kerzen vom Kranz genommen hat."

Die anderen verstummten augenblicklich und starrten sie an.

„Wer? Wo sind sie?", platzte der Pastor schließlich heraus.

Lotte hob die Hand. In den Fingern hielt sie etwas fest. „Das hier fand ich auf dem Gemälde. Die Oberfläche ist sehr rau, man kann dort leicht mit der Kleidung hängen bleiben. Man muss es sogar zwangsläufig, wenn man die Kerzen vom Adventskranz nehmen will, denn man muss sich richtiggehend zwischen Bild und Kranz hindurchzwängen."

Alle fixierten den großen dunkelgrünen Wollfussel zwischen ihren Fingerspitzen. Daraufhin wanderten die gesammelten Blicke zu Isi, die eine dunkelgrüne Strickjacke aus dicker Wolle trug. Das Mädchen wurde blass, Tränen traten in ihre Augen, sie war eine lebende Verkörperung von Reue.

Lotte legte ihr beruhigend eine Hand auf den Arm. „Warum hast du das getan?"

„Wo sind die Kerzen?", blökte der Pastor dazwischen.

„In meinem Korb in der Abstellkammer", sagte Isi weinerlich, und Uwe rannte los, um sie zu holen.

„Nun?", hakte Lotte nach.

Isi fing an zu schluchzen. „Ach, es war dumm. Es ging nur um eine Wette, das ist alles. Ich wusste ja nicht, dass das so eskalieren würde! Ich dachte, es werden einfach andere Kerzen draufgesteckt. Und dann habe ich mich nicht getraut, es zuzugeben."

„Darüber werden wir später reden müssen ...", drohte der Pastor und eilte davon, um die Kerzen anzuzünden und den Gottesdienst zu beginnen.

Die Putzfrau ging mit der weinenden Isi nach draußen, um ihr beizustehen, bis sie sich beruhigt hatte.

Nach dem Gottesdienst kam Isi zu Lotte und drückte ihr etwas in die Hand. „Hier, ich möchte dir das geben, weil du so nett zu mir warst. Das hätten nicht viele getan."

Lotte nickte erfreut. „Danke, meine Liebe. Und dir möchte ich auch etwas weitergeben: Nimm dir später, wenn niemand mehr hier ist, die Zeit und schau dir das Gemälde genau an. Ich bin sicher, es wird zu dir sprechen. Und dann rede mit Gott im Gebet darüber."

Isi versprach es und ging schweren Herzens davon, um sich vom Pastor den Kopf waschen zu lassen. Lotte öffnete die Hand und sah nach, was Isi ihr gegeben hatte, und staunte. Sie wusste auf Anhieb, wer sich sehr darüber freuen würde.

19. Dezember

Micky schnüffelte kurz auf dem Boden, dann packte er den Stift vorsichtig mit den Zähnen und hob ihn hoch. Schwanzwedelnd hielt er seine Schnauze in die Höhe, Yvonne entgegen, damit sie den Schreiber in Empfang nehmen konnte.

„Gut gemacht, Micky", lobte das neunjährige Mädchen den Golden-Retriever-Rüden. Micky wartete freudig auf seine nächste Aufgabe, doch für den Moment gab es nichts weiter zu tun. Yvonne saß an ihrem Schreibtisch und zeichnete an einem Bild für ihre Hausaufgaben.

Ihre Mutter sah herein. „Schau mal, Yvonne, was mir Frau Busch heute für dich gegeben hat." Sie legte ein kleines goldenes Medaillon an einer Halskette auf die Tischplatte.

Yvonne nahm es in die Hand und bewunderte es eingehend. „Das ist aber schön, Mama. Und das ist wirklich für mich?"

„Ja, und schau, man kann hier ein Bild reinmachen."

Staunend beobachtete Yvonne, wie ihre Mutter das Medaillon öffnete und ein Hohlraum zum Vorschein kam. „Oh, Mama, meinst du, ich könnte ein Foto von Micky hineintun?"

Jessie lächelte. „Aber natürlich, Schatz, was immer du willst."

„Super. Ich mache gleich ein Foto und drucke es aus." Nicht, dass sie nicht schon Hunderte Aufnahmen von dem Hund hatten. Jessie verkniff sich einen Kommentar und war stattdessen froh, dass Yvonne so selbstständig war. Ihre Tochter saß zwar im Rollstuhl, doch mit dem Computer verstand sie umzugehen. Als Jessie eine halbe Stunde später zurück ins Zimmer ihrer Tochter kam, zeigte Yvonne ihr stolz ihr Werk. In dem kleinen Medaillon prangte ein winziges Bild von Micky.

„Das ist schön geworden", bemerkte Jessie, „du hast seine Schokoladenseite getroffen."

Eigentlich hatte Micky nur Schokoladenseiten. Der fünfjährige Retriever war Yvonnes Assistenzhund und ihr Ein und Alles, seit sie ihn hatte. Keiner von ihnen konnte sich mehr vorstellen, wie sie jemals ohne den Hund gelebt hatten. Micky war immer an Yvonnes Seite, half ihr und passte auf sie auf. Wenn ihr etwas herunterfiel, hob Micky es auf; musste Yvonne durch eine Tür, öffnete und schloss Micky sie; der Hund half ihr sogar beim Ausziehen, Hinlegen und Zudecken. Er öffnete die Schubladen und brachte Yvonne alles, was sie wollte. Er war auch darauf trainiert, Hilfe zu holen, sollte dem Mädchen etwas zustoßen. Micky war aber noch viel mehr als ein Assistent – er war Yvonnes bester Freund. Seit sie den Hund hatte, war sie unglaublich selbstständig und mutig geworden, war viel unternehmungslustiger und bekam auch leichter Kontakte. Alle liebten den Rüden; er war die Sensation, wo immer Yvonne mit ihm hinkam. Micky hatte ihnen allen Freude gebracht, nicht nur Yvonne, auch ihren Eltern, Jessie und René. Yvonne sagte immer, er sei ihr Weihnachtshund, weil sie ihn vor genau einem Jahr zur Weihnachtszeit bekommen hatte.

„Ich muss noch schnell zum Einkaufen. Möchtest du mitkommen?", fragte Jessie.

„Ja. Ich möchte eins der neuen Fotos gerne in einen Rahmen tun und Ralph geben. Das ist mein Weihnachtsgeschenk für ihn."

„Wenn wir ihn zufällig treffen ..."

„Wenn nicht, könnten wir doch schnell bei ihm vorbeifahren. Ja, Mama?" Jessie konnte ihrer Tochter nur schlecht etwas abschlagen und war einverstanden. Ralph war eine von Yvonnes Zufallsbekanntschaften, aus der sich irgendwie so etwas wie eine Freundschaft entwickelt hatte. Die beiden waren über den Hund ins Gespräch gekommen. Yvonne und Micky waren eben ein ganz besonderes Team.

Yvonne fuhr die Straße hinter dem Supermarkt auf und ab und hielt Ausschau nach ihrem Freund. Sie hatte ihrer Mutter versprochen, sich von den vorbeifahrenden Autos fernzuhalten und nur auf dem Gehweg zu bleiben. In Gedanken war sie bei dem bevorstehenden Heiligabend und den Geschenken, die sie bekäme. Sie wünschte sich die neue „Happy Birthday, Ken"-Barbie, das Badezimmer und das Puppy-Set von Barbie, einen digitalen Bilderrahmen, um Fotos von Micky laden und abspielen lassen zu können, und eine rosa Hundeleine. Bei der Leine hatte sie allerdings das Gefühl, dass sie die nicht bekäme. Yvonne hatte sich auch schon überlegt, was sie Micky zu Weihnachten schenken wollte: eine Packung Kauknochen und ein neues Spielzeug. Sie hatte sich nur noch nicht endgültig entschieden, welches.

Sie wurde abrupt aus ihren Gedanken gerissen, als ihr Rollstuhl an einem großen Stein hängen blieb, in eine Rille geriet und umfiel. Yvonne war furchtbar erschrocken, als sie sich plötzlich auf dem Boden liegend wiederfand, die Beine teilweise unter dem Rollstuhl begraben. Sie fing an zu zittern, als ihr bewusst wurde, was passiert war. Sie unternahm einige Anstrengungen, um unter dem Rollstuhl hervorzukommen, doch sie hatte nicht genügend Kraft dafür. Tränen strömten über ihr Gesicht. Weit und breit war niemand zu sehen. Micky leckte ihr das Gesicht und schien sich vergewissern zu wollen, dass es ihr gut ging.

„Hol Hilfe, Micky. Geh! Hol Hilfe!“, befahl Yvonne, obwohl es ihr davor graute, ganz allein auf der Straße zurückzubleiben. Micky stürmte gehorsam davon, die Leine hinter sich herschleifend.

Die Minuten vergingen schleichend, während Yvonne auf dem eiskalten Boden lag. Sie fror schrecklich. Wann käme endlich Hilfe? Ihr wurde klar, dass sie vollkommen auf Micky angewiesen war. Wenn es ihm einfiele, genau jetzt einen Ausflug zu unternehmen, läge sie hier vielleicht so lange, bis jemand vorbeikam. Die Straße an der Rückseite des Supermarktes war wenig frequentiert; fast der gesamte Betrieb spielte sich auf der Vorderseite ab. Aber nein, beruhigte sie sich, das würde Micky niemals tun. Er wusste, worauf es ankam, sie konnte ihm vertrauen. Sie würde ihrem Hund ihr Leben anvertrauen, wenn es sein musste. Yvonne versuchte, nicht mit den Zähnen zu klappern. Vielleicht konnte sie ja doch ein Stück von dem Rollstuhl wegkommen, sie musste sich nur richtig anstrengen. Sie stemmte sich mit der ganzen Kraft ihrer Arme gegen den Boden und zog sich nach vorne. Ein paar Zentimeter schaffte sie. Sie sammelte sich kurz, bevor sie wieder ihre ganze Kraft einsetzte ...

„Yvonne! Yvonne, ist dir was passiert?“ Schon von Weitem hörte sie die Panik in der Stimme ihrer Mutter. Micky kam als Erster bei ihr an, gefolgt von Jessie. Yvonne atmete auf, als Micky seinen warmen Körper neben sie drückte.

„Nein, es geht mir gut“, sagte Yvonne und hoffte, dass es stimmte, denn sie hatte überhaupt kein Gefühl in den Beinen. Sie wusste nicht, ob etwas gebrochen war oder ob sie vielleicht nur ein paar blaue Flecken bekäme. Jessie hob den Rollstuhl auf, dann Yvonne und setzte ihre Tochter vorsichtig in den Stuhl. Daraufhin untersuchte sie das Mädchen, ohne etwas Schlimmes zu finden.

Schließlich atmete sie erleichtert auf. „Ich habe mir schreckliche Sorgen gemacht. Micky kam in den Supermarkt und tauchte plötzlich neben mir auf, bellte wie von Sinnen, bis ich mit ihm kam. Ich wusste sofort, dass etwas passiert ist.“ Jessie wischte sich ein paar Tränen vom Gesicht.

„Ich bin so froh, dass Micky da war“, versicherte Yvonne. „Er wusste genau, was zu tun ist.“

„Ja“, bestätigte ihre Mutter, „er ist wirklich ein richtiger Weihnachtshund.“ Micky freute sich über die Streicheleinheiten, die er nun bekam, und wedelte begeistert mit dem Schwanz.

„Mama“, sagte Yvonne schließlich, „können wir jetzt zu Ralph fahren?“

Jessie schüttelte ungläubig den Kopf. „Ist das dein Ernst?“

Yvonne nickte nachdrücklich.

„Also schön, dann fahren wir. Ich muss nur noch schnell bezahlen. Und einen Bilderrahmen habe ich auch für dich.“

20. Dezember

„Bekommen Sie das wieder hin? Ich erwarte Heiligabend Gäste und kann keine Verstopfung brauchen!“

Ralph grunzte etwas Unverständliches, während er sich über den Patienten beugte und in dessen Tiefen herumstocherte, um festzustellen, wo das Problem lag. Es war doch immer dasselbe so kurz vor Weihnachten: Die Leute stopften hinunter, was irgendwie ging, und wunderten sich anschließend, wenn es stecken blieb. Zu allem Überfluss sollte dann auch noch alles hopplahopp wieder frei sein.

„Nicht auszudenken, wenn die Sache bis dahin nicht behoben wäre! Ich wüsste gar nicht, was ich tun sollte. Meine Güte, vielleicht sollte ich lieber alles absagen?“

Ralph lauschte nach unten, wo ein leises Ächzen erklang.

„Hören Sie mir eigentlich zu, Herr ... Herr ...?“

„Schmidt.“

„... Herr Schmidt.“ Sie betonte seinen Nachnamen, als hätte er etwas Anstößiges an sich. Ralph riss langsam der Geduldsfaden. Frau von Salzen ging ihm mächtig auf die Nerven. Wenn sie nicht seine Kundin wäre, hätte er ihr befohlen, sich zu verziehen und abzuwarten, bis er mit seiner Arbeit fertig war.

„Wenn Sie nicht still sind, kann ich nichts hören“, sagte er stattdessen. Frau von Salzen verstummte eingeschnappt, aber nicht für lange, bedauerlicherweise.

„Also, Herr Schmidt, ich wäre Ihnen dankbar, wenn Sie sich etwas beeilen könnten. Falls Sie die Sache nicht in den Griff bekommen, muss ich mich nämlich nach einem anderen Handwerker umsehen. Und Ihnen muss ich wohl kaum sagen, wie schwierig das vor den Feiertagen ist!“ Sie nestelte nervös an einem fedrigen Ding herum, das sie sich um die Schultern gewickelt hatte. Ralph stöhnte, leider zu laut.

„Was meinen Sie? Haben Sie etwas?“, erkundigte sich die Frau und reckte den Hals, um festzustellen, was er in den Tiefen ihrer Toilette entdeckt haben mochte.

„Das ist doch sicher nicht Ihr einziges Klo“, meinte Ralph, denn eine Villa wie diese hatte bestimmt mindestens drei Badezimmer außer diesem Gäste-WC, in dem sie sich gerade befanden.

„Meine Gäste können doch nicht nach oben gehen!“, erwiderte Frau von Salzen entsetzt und riss die Augen auf. „Also bitte, was ist nun?“

Ralph richtete vorsichtig seinen schmerzenden Rücken auf und erhob sich von den Knien, die bedenklich knackten, als er die Beine streckte. „Ich kann noch nichts Genaues sagen. Da unten steckt etwas, aber es ist so tief, dass ich ein anderes Werkzeug brauche. Und dann weiß ich noch nicht, ob ich es herausbekomme. Notfalls muss ich die Toilette abmontieren.“ Frau von Salzen wurde bleich. Was erwartete sie von ihm? Er war ein erfahrener Sanitär-Installateur Anfang fünfzig, etwas pummelig um die Körpermitte vielleicht, und er sagte geradeheraus, was Sache war. Für diese Gesellschaftsziege würde er jetzt nicht anfangen, sich geschwollen auszudrücken. Na, vielleicht war es auch gar nicht seine Wortwahl, sondern die Aussicht, das Klo abmontiert zu bekommen, oder auch einfach das ganze Gesprächsthema. Eine Hoheit wie Frau von Salzen sprach wohl nicht eben oft über Toilettenangelegenheiten.

Die Kundin sah ihn irritiert an. „Na schön, dann tun Sie, was Sie können.“ Sie drückte sich an die Wand, um ihn vorbeizulassen. Es sah aus, als hätte sie Angst, ihn zu berühren. Tatsächlich rümpfte sie ein klein wenig die Nase, als er sie passierte. Ralph machte sich einen Spaß daraus und kam ihr näher als nötig, nur um sie zu ärgern. Sie schloss die Augen in stummer Kapitulation.

Als Ralph mit seinen Gerätschaften vom Auto zurückkehrte, hatte sie sich verzogen und ihm das Feld überlassen. Erleichtert machte er sich wieder an die Arbeit. In den Tiefen des Toilettenrohres spürte er ganz deutlich einen Widerstand, doch wie sollte er das, was dort festhing, herausbekommen? Er probierte Verschiedenes aus, doch nichts klappte, und er hatte Sorge, das Objekt noch tiefer hinunterzudrücken. Eine Idee hatte er noch, ehe er sich ans Abmontieren machte, auch wenn es ihm irgendwie leidtat. Aus seiner Tasche holte er das Hundefoto, das er in seinem Briefkasten gefunden hatte, als er am Tag zuvor von der Arbeit kam. Er hatte es eingesteckt und in der Wohnung dann vergessen, es herauszuholen. Nun war es ihm beim Durchstöbern seiner Werkzeuge in die Hände gefallen und erwies sich vielleicht als die Lösung. Ralph nahm den Bilderrahmen auseinander und bog die Metallklammer, die normalerweise das Foto gegen das Glas presste, zurecht, befestigte sie an einem Draht und machte sich erneut ans Werk.

Ilona von Salzen ging unruhig in ihrer Küche auf und ab. Wie lange brauchte dieser unmögliche Mann eigentlich? Er war seit mindestens einer halben Stunde im Gäste-WC. Hatte er etwa seine Drohung wahr gemacht und das Klosett demontiert? Sie mochte gar nicht daran denken, wie der Raum danach aussehen, geschweige denn, wie er stinken würde. Ausgerechnet jetzt musste das alles passieren, wo sie sich doch solche Mühe gab, ihr Haus nach Weihnachten duften zu lassen! Gerade hatte sie den Entschluss gefasst, nachzusehen, als dieser schmutzige, übel riechende Handwerker durch die Diele auf sie zusteuerte. In den Händen hielt er einen Gegenstand und tropfte damit den Boden voll.

„Was tun Sie denn da?", kreischte Ilona erschrocken.

„Ich wollte Ihnen nur zeigen, was Ihr Klo verstopft hat", entgegnete Herr Schmidt gelassen und hielt ihr etwas hin. Es war eine Damenfeinstrumpfhose, und sie triefte nun den Küchenboden voll, bis sich eine keimverseuchte Pfütze bildete. Ilona wusste nicht, ob sie vor Scham im Boden versinken oder lieber den Mann zusammenstauchen sollte.

„Ich glaube, ich sollte mich bei Ihrem Chef beschweren ...", stammelte sie.

„Ich bin der Chef. Haben Sie das nicht gemerkt? Die Firma heißt Sanitär Schmidt." Er betonte den Namen so wie sie vorhin und grinste. Dann hielt er ihr die Strumpfhose hin. „Hier, vielleicht wollen Sie die noch mal anziehen."

Ilona wich zurück. „Tun Sie sie weg. Die werde ich ganz sicher nicht anfassen."

Herr Schmidt ging mit seinem geborgenen Schatz durch die Küche, riss ein Fenster auf und warf ihn hinaus auf die Straße. „So, Sache erledigt."

„Sind Sie irre?", entfuhr es Ilona.

„Möchten Sie gleich bezahlen oder soll ich Ihnen die Rechnung zuschicken?", fragte der Installateur mit strenger Stimme.

Ein Schauer durchfuhr Ilona. Der Mann stand da, fixierte sie und wartete auf ihre Antwort. Ihre Knie fühlten sich merkwürdig weich an. Sie schluckte. „Was wäre Ihnen denn lieber?“, erkundigte sie sich, weil sie sich nicht entscheiden konnte.

„Ich schicke Ihnen eine Rechnung“, verkündete Herr Schmidt und schien es eilig zu haben, das Haus zu verlassen.

„Schön, tun Sie das“, war ihr Kommentar, während sie ihm zum Gäste-WC hinterherlief. Der Handwerker fing an, seine Werkzeuge zusammenzuräumen. Der Mann imponierte ihr auf einmal. Er war so ... so ... entscheidungsfreudig. Und ein bisschen dominant. Das mochte sie. Schneller, als ihr lieb war, hatte er gepackt und war auf dem Weg zur Haustür.

„Möchten Sie noch ein paar Pfeffernüsse?“, bot sie an.

Herr Schmidt hielt inne und sah sie an, als ob er an ihrem Verstand zweifelte. „Nein, danke. Wenn Sie nur bald die Rechnung bezahlen, bin ich vollauf zufrieden.“

„Natürlich, aber Sie werden sich bis nach Weihnachten gedulden müssen. Ich habe Gäste und keine Zeit für etwas anderes“, erwiderte Ilona spitz.

Der Handwerker grunzte und marschierte zur Tür hinaus. Na schön, dann würde sie sich eben etwas einfallen lassen müssen. Irgendeinen Weg fände sie sicher, um ihn wiederzusehen. Sie konnte ja eines von Hannelores Weihnachtstörtchen in den Abfluss drücken. Die Dinger waren zäh wie Leder und klebten wie Pech. Sie bekäme das schon hin. Ilonas Herz schlug schneller.

21. Dezember

Ein spärliches Licht fiel von den Straßenlampen durch die finstere Nacht und beleuchtete die Gehwege. Ein Hauch von Frost lag in der Luft, erste Eiskristalle bildeten sich in den frühen Morgenstunden an den Zäunen und Autos, den Laternenmasten und Tannenzweigen in den Blumenkästen. Keine Wolke bedeckte den Himmel. Kleine, ferne Sterne strahlten hell in der Schwärze des Alls, selbst hier, wo die Lichter der Stadt normalerweise mit der nächtlichen Himmelspracht um die Wette leuchteten. Von ferne vernahm man das leise Rauschen des Straßenverkehrs, ansonsten war es völlig still und noch viel zu früh für die ersten Amseln, um den neuen Tag anzukündigen. Ein Fuchs huschte lautlos über die Straße, drückte sich durch einen Zaun und war wieder verschwunden. Im nahen Park stieß ein Käuzchen seine heiseren, klagenden Rufe aus, in einem vom Herbst liegen gebliebenen Laubhaufen raschelte es. In so manchem Fenster blinkten Weihnachtssterne und Kerzenbögen, hier und da stand ein Nadelbaum im Glanz einer Lichterkette, sogar beleuchtete Weihnachtsfiguren konnte man vereinzelt vor den Häusern sehen. Die Welt bereitete sich auf das nahe Krippenfest vor und schien sich im Schutz der Nacht zu sammeln.

Hastige Schritte erklangen, kamen rasch näher und schallten laut durch die Stille. Dann, plötzlich, hielten sie inne. Eine dunkel vermummte Gestalt sah zu Boden, bückte sich, untersuchte etwas und hob es auf. Es war eine schmutzige Nylonstrumpfhose. Der Finder murmelte kaum wahrnehmbare Worte, atmete erleichtert auf und machte kehrt, eilte so schnell davon, wie er gekommen war. Kurz darauf hörte man metallisches Klingen und Klappern, als ein gerissener Keilriemen ersetzt wurde. Dann wurden Türen zugeschlagen und ein schwerer Dieselmotor gestartet, der tuckernd in der Ferne verschwand. Weihnachtsfiguren und Lichterketten klapperten auf der Ladefläche. Es wurde wieder still wie zuvor, als wäre nie etwas passiert, als läge die Nacht noch immer unberührt über allem. Sie hüllte den Mantel des Schweigens über das, was geschah.

Es war früh und noch immer dunkel, kalt im ganzen Haus. Nora war wie immer die Erste, die durch die Zimmer ging, die Rollläden hochzog, die Heizungen aufdrehte, die Lichter einschaltete und dann in der Küche anfing, das Frühstück vorzubereiten. Es war die Ruhe vor dem Sturm, und sie liebte die frühen Morgenstunden, oft die einzige Zeit des gesamten Tages, die sie für sich hatte. Sie war noch müde, war zu spät ins Bett gegangen und hatte unruhige Träume gehabt. Nora schob die schlechte Nacht auf die Weihnachtsvorbereitungen, die immer anstrengend waren, doch in diesem Jahr besonders, weil über die Feiertage ungewöhnlich viele Menschen im Haus sein würden. Bis spätabends hatten sie am Vortag Geschenke eingepackt, Stollen gebacken und anschließend die Küche geputzt. Heute wollten sie noch einmal Plätzchen backen, auch für diejenigen, die über die Feiertage nach Hause gingen, damit sie welche für ihre Familien mitnehmen konnten.

Nora zog im Speisesaal den ersten Rollladen hoch. Als sie in die Dunkelheit hinausblickte, völlig ahnungslos in Erwartung eines finsteren Morgens wie sonst auch im Winter, erstarrte sie. Dann machte sie auf dem Absatz kehrt und rannte hinauf, um die Kinder zu wecken.

Wenige Minuten später stürmten 38 eilig angezogene Kinder und Jugendliche von 2 bis 19 Jahren durch die große Haustür hinaus in den Hof und sahen verwundert, was der Tag ihnen Überraschendes brachte. Manche waren still und staunten nur, andere jubelten oder riefen begeistert, während ihr Atem in weißen Wolken aufstieg. Auch die Betreuer gesellten sich dazu und rätselten nicht minder, woher all das kam. In der Mitte des Hofes, wo sich eine abgegrenzte Rasenfläche um eine mächtige Tanne befand, erstreckte sich jetzt so etwas wie ein Weihnachtswunderland, entstanden über Nacht durch unbekannte Hände. Der große Baum war von oben bis unten mit Lichtern und roten Kugeln geschmückt. Auf dem Gras standen ein Schlitten mit acht Rentieren, ein lachender Weihnachtsmann mit einem Sack voller Geschenke, verschiedene Waldtiere wie Rehe und Eichhörnchen – alle leuchteten fröhlich und waren aus wetterfestem Kunststoff. Auf der anderen Seite des Baumes war eine Krippenszene aufgebaut, fast lebensgroß. Hier strahlte ein einzelnes Licht im Stall und erhellte die Figuren –

Maria und Josef, die sich über die Krippe beugten, in der das kleine Kind lag; Ochse und Esel, die dabeistanden und über alles wachten.

Der Raureif, der sich über Nacht gebildet hatte, überzog das Gras, den Baum, die Gebäude mit einer weißen Schicht und verlieh ihnen einen weihnachtlichen Zauber. Nora traute ihren Augen noch immer kaum und konnte sich nicht erklären, woher das alles kam. Irgendjemand hatte sich die Mühe gemacht, in der Nacht herzukommen und alles aufzubauen, um den Bewohnern des Kinderheimes eine Freude zu machen. Sein Vorhaben war ein voller Erfolg, das sah sie, und auch die Betreuer waren gerührt und begeistert. Es war ein so schönes Geschenk vor allem für die Kinder, die über Weihnachten nicht zu ihren Eltern konnten. Nora wischte sich eine Träne von der Wange. Vielleicht würden sie nie erfahren, wer der Spender war. Doch Gott konnte sie danken, und das tat sie.

Während die anderen beim Frühstück saßen, schlich Viktor in sein Zimmer hoch, holte seine Schatzkiste hervor und setzte sich damit aufs Bett. Er nahm ein Blatt seines ganz besonderen Schreibblockes, auf dem er nur außergewöhnliche Dinge notierte, überlegte eine Weile und fing dann an zu schreiben:

Liebes Christkind!

Erst wollte ich dir nicht schreiben, weil die anderen sagen, es gibt dich gar nicht. Aber heute habe ich gemerkt, dass es dich doch gibt. Die Lichter vor unserem Haus sind wunderschön und ganz toll. Danke dafür und dass du uns nicht vergessen hast. Ich hoffe, ich bin nicht zu spät mit meinem Wunsch, weil ja schon fast Weihnachten ist und du bestimmt viel zu tun hast. Ich wünsche mir einen neuen, schönen Fußball, einen, der nur für mich ist. Natürlich würde ich auch andere damit spielen lassen, aber ansonsten wäre er in meinem Schrank, und ich könnte ihn anschauen, wann immer ich wollte. Vielleicht könntest du dafür sorgen, dass ein Autogramm von Mesut Özil drauf ist, oder vielleicht auch von Basti Schweinsteiger und Lukas Podolski. Wenn das alles nicht geht, wäre auch eins von Michael Ballack okay. Hochachtungsvoll, dein Viktor.
PS: Danke schon mal, auch wenn der Brief doch zu spät dran wäre.

Hoch konzentriert las Viktor durch, was er geschrieben hatte, verzierte die Is mit kleinen Fußbällen und malte sicherheitshalber noch Sterne in die Ecken des Blattes. Dem Christkind musste der Brief schließlich gefallen. Dann war er zufrieden und fand, dass er alles gesagt hatte, was es zu sagen gab, und dass jeder verstehen musste, was er meinte. Er hoffte inständig, dass das Christkind auch drei Tage vor Weihnachten noch alle Briefe rechtzeitig erhielt und las. Im nächsten Jahr würde er wieder früher schreiben, das nahm er sich ganz fest vor. Mit bangem Herzen und voller Hoffnung leckte Viktor den Umschlag ab und klebte ihn zu.

Das Christkind

Leise tönen helle Glocken,
Schweben sanft so weiße Flocken,
Stille liegt der dunkle Wald,
Und das Christkind kommt nun bald.

Warme Düfte füll'n die Sinne,
In den Herzen Lieb' erglimme,
Draußen ist es bitterkalt,
Doch das Christkind kommt nun bald.

Frohe Lieder in den Herzen,
An dem Baume lauter Kerzen,
Jedes Jahr der Jubel wieder,
Wenn das Christkind kehret wieder.

Eilt in jedes Hause schnell,
Macht in allen Seelen hell,
Segnet uns fürs neue Jahr:
Jetzt und hier ist's Christkind da.

Langsam senkt die Nacht sich nieder,
Sanft verklingen unsre Lieder,
Doch im Herzen wissen wir:
Das Christkind, es ist immer hier.

Simone Ehrhardt

22. Dezember

In der Schreibstube des Weihnachtsmannes im kleinen Ort Himmelpfort in Brandenburg ging es hoch her an diesem Donnerstag. Die Journalistin Wendy Lämmer bahnte sich mühsam einen Weg zwischen den Tischen und Kisten mit Briefen hindurch, machte hier und da eine Aufnahme von den Leuten, die konzentriert an den Antworten arbeiteten, und versuchte herauszufinden, mit wem sie sprechen sollte.

Ein kahlköpfiger Mann mit Brille kam mit ausgestreckter Hand auf sie zu. „Sind Sie die Reporterin?“ Ehe er sie erreicht hatte, wischte er seine Hand schnell an seinem grauen Strickpullunder ab und hielt sie ihr dann wieder hin. Wendy nahm sie zögernd und ließ sie möglichst schnell wieder los. „Ja, also willkommen in unserer Weihnachtsschreibstube. Wir sind alle schon ganz aufgeregt!“ Er blickte sie erwartungsvoll an.

Wendy ließ ihren Blick schweifen und konnte keine Aufregung feststellen. Der Mann lotste sie zu einem Tisch am Fenster, an dem zwei Frauen schweigend Briefe ans Christkind hin- und herschoben, jedenfalls sah es für Wendy so aus.

„Es muss gleich so weit sein“, verkündete der Mann freudestrahlend.

„Sagen Sie, Herr ...“, begann Wendy.

„Thomé, Bernd Thomé“, sprang er wie gewünscht ein.

„Sagen Sie, Herr Thomé, wann kommen die ersten Briefe bei Ihnen an?“

„Oh, schon im Sommer. Es gibt ganz ungeduldige Kinder. Und selbst jetzt noch erreichen uns viele. So richtig geht es im November los, da wissen wir kaum noch aus noch ein!“ Wendy nickte, Herr Thomé sah sie fragend an. „Wollen Sie sich das nicht aufschreiben?“

„Gleich.“

Wendy hoffte, dass die Angelegenheit schnell zu erledigen wäre. Ihr war zu warm und es war beengt hier drinnen, außerdem hatte sie noch etwas anderes vor. Ungeduldig beobachtete sie die Frauen, die weiter Briefe über den Tisch schoben.

„Es muss jeden Moment so weit sein“, wiederholte Herr Thomé, dann beugte er sich zu ihr herüber, als hätte er etwas Vertrauliches mitzuteilen. „Wissen Sie, ich schreibe ja auch. Natürlich nicht Artikel für die Zeitung, obwohl ich sagen muss, dass ich auch das schon gemacht habe. Wenn es hier und da mal eine Pressemitteilung für den Kleintierzüchterverein zu verfassen gibt, dann sagen die anderen gerne, ich würde doch so gut schreiben, bei mir klinge das am besten. Sie behaupten auch gerne, meine Mitteilungen hätten eine Abdruckgarantie bei der Zeitung." Er lachte in falscher Bescheidenheit. „Das stimmt natürlich nicht, aber ich muss schon sagen, dass man es meinen könnte. Ich glaube, bis jetzt sind alle Pressemitteilungen, die ich verfasst habe, auch abgedruckt worden. Aber was ich eigentlich sagen wollte: Ich schreibe an einem Roman."

Herr Thomé kam näher zu Wendy und holte Luft. „Sagen Sie ruhig, was Sie davon halten, ich wüsste es wirklich gerne. Schließlich sind Sie ein Profi und können so etwas ganz anders beurteilen als unsereiner. Also, der Roman ist ein Thriller und spielt in Ecuador. Es ist Weihnachten 1985. Vier Freunde kommen jedes Jahr in einem kleinen Dorf zusammen, um Weihnachten zu feiern. Sie feiern nicht wirklich, es ist vielmehr ein Abkommen, um zu trinken und sich zu vergewissern, dass sie alle noch am Leben sind. Seit zwölf Jahren machen sie das schon. Während sie die Feiertage hauptsächlich in einer schäbigen Kneipe verbringen und sich unterhalten, wird klar, dass sie ein Geheimnis teilen, von dem nie jemand etwas erfahren darf. Etwas, was sie vor zwölf Jahren zusammen erlebt haben. An diesem Weihnachten 1985 erscheint alles noch völlig normal, bis auf einmal ein Fremder in der Kneipe auftaucht. Er scheint Bescheid zu wissen; die vier wundern sich und verdächtigen sich gegenseitig, etwas verraten zu haben. Das geht so lange, bis ..."

Wendy seufzte und wippte auf den Zehenspitzen. Die Kamera war bereit, ihre Ohren hofften darauf, dass die beiden Frauen endlich aufblicken und verkünden würden, dass jetzt der Zeitpunkt gekommen war.

„... Die drei, die noch am Leben sind, jagen davon, zurück an die Orte, an denen sie leben, jeder in einer anderen Ecke der Welt. Doch allen ist klar, dass ihr Problem damit nicht gelöst ist. Jeder macht sich auf eigene Faust auf die Suche nach der Organisation, die hinter dem Fremden steckt und die sie nun auf so bedrohliche Weise in der Hand hat ..."

Eine der Frauen blickte hoch und Wendys Herz machte einen Freudenhüpfer. „Bernd, bitte nicht so laut“, sagte die Frau dann jedoch nur und wandte sich wieder den Briefen zu.

Schicksalsergeben lauschte Wendy dem nicht enden wollenden Wortschwall und betrachtete dabei die Briefumschläge etwas genauer. Manche waren einfach nur mit der Adresse beschriftet, aber viele waren mit Zeichnungen von Kindern verziert, mit Weihnachtsbäumen und Kerzen, Tannenzweigen, Herzen, Schaukelpferden, Schneelandschaften mit Schneemännern und dem Klassiker, dem hübsch eingepackten Weihnachtsgeschenk.

Das erinnerte sie an ihre Kindheit und ihre eigenen Wunschzettel, obwohl sie nie einen weggeschickt hatte. Sie hatte sie immer nur ihren Eltern gegeben und gedacht, dass das genügen müsste. Wie war das heute, im Zeitalter von E-Mail, SMS, Twitter und Facebook? Sie hätte Herrn Thomé gerne gefragt, doch der war zu sehr vertieft in seine Geschichte.

Just in diesem Augenblick stellten die beiden Damen ihre Tätigkeit ein und erhoben sich feierlich; eine von ihnen hielt einen Brief in den Händen. „Bernd“, sagte sie bestimmt, „das hier ist er!“

Herr Thomé unterbrach sich und fing an zu strahlen. „Bitte, Frau Lämmer, machen Sie ein Foto!“

Wendy gehorchte und machte Aufnahmen von dem Brief allein, den Leuten und jeglicher Kombination von Brief und den beteiligten Personen.

Dann endlich räusperte sich Herr Thomé und verkündete laut: „Liebe Mitarbeiter, auf diesen Moment haben wir gewartet, jetzt ist es endlich so weit. Ich präsentiere: der 300 000ste Brief dieses Jahres!“ Die Anwesenden klatschten Beifall, während Herr Thomé das Kuvert öffnete.

„Der Brief kommt von einem kleinen Jungen namens Viktor aus Herdecke. Er schreibt: ...“ Er las Viktors ganzen Brief vor, von Anfang bis Ende, einschließlich des Postskriptums. Als er fertig war, gab es erneuten Applaus. Wendy fotografierte den Zettel von allen Seiten. Sie brauchte ein gutes Foto; der Brief sollte in der Zeitung abgedruckt werden, nebst einer herzerwärmenden Story über all die Post ans Christkind und den Weihnachtsmann, die jedes Jahr auf den diversen Postämtern einging. Sie stellte einige Fragen, notierte sich dieses und jenes und war endlich fertig.

Herr Thomé sah sie an. „Was halten Sie von der Geschichte?“

Wendy zuckte mit den Achseln. „Entzückend, ja, was kann man sonst dazu sagen. Es ist rührend, dass sich die Kinder all diese Mühe machen. Den Artikel können Sie morgen in der Zeitung lesen.“

Der kahlköpfige Mann schüttelte erheitert den Kopf. „Aber nein, meine Geschichte! Mein Roman! Ich habe Ihnen alles erzählt, was bisher passiert ist. Was halten Sie davon? Ich glaube, das wird ein Knüller! Ich habe den Markt genau beobachtet und entdeckt, dass es in der Sparte Weihnachtsthriller eine Lücke gibt, eine Unterversorgung sozusagen. Ich würde da genau hineinstoßen.“ Er nahm Wendy am Ellenbogen und schob sie ein Stück zur Seite. „Sie haben doch bestimmt Kontakt zu einigen Verlagen? Ich meine, Sie als Schreibende kennen sich sicher aus auf dem Markt. Könnten Sie mir nicht etwas vermitteln? Ein paar Namen, Telefonnummern, oder Sie empfehlen mich jemandem.“

Wendy wurde nervös, sie wusste nicht, wie sie aus dieser Sache wieder herauskommen sollte. „Ich kenne niemanden ...“, begann sie, doch Herr Thomé war Feuer und Flamme für seinen Plan.

„Wissen Sie was? Am besten schicke ich Ihnen das ganze Manuskript einfach zu, dann können Sie es über die Feiertage lesen. Es ist doch viel einfacher, etwas zu empfehlen, das man kennt, nicht wahr? Es sind etwas über vierhundert Seiten; ich bin sicher, das haben Sie schnell durch. Am Ende werden es ungefähr tausend Seiten sein, vielleicht ein paar mehr. Sie werden sich köstlich amüsieren, das ist genau die richtige Lektüre für Weihnachten!“

23. Dezember

Es war merkwürdig, aber einen Tag vor Heiligabend fühlte er sich auf einmal ganz ruhig. Bis gestern noch hatte ihn eine nervöse Unruhe umgetrieben. Heute wusste er, er konnte ohnehin nichts mehr tun, deshalb entspannte er sich. Morgen war der große Tag! Er hatte beschlossen, den Nachmittagsgottesdienst zu besuchen, ganz gleich, was der 24. bringen mochte. Und nun kam ihm noch ein Gedanke, eine ganz verwegene Idee. Wenn dieses Jahr nun ohnehin schon alles anders war, warum dann nicht richtig Weihnachten feiern? Mit allem Drum und Dran? Er sah auf die Uhr. Er hatte noch Zeit, auch wenn das Einkaufen so kurz vor dem Fest hektisch werden würde. Sein Blick wanderte zum Adventskalender, wo nur noch ein Türchen geschlossen war. Ein Weihnachtslied, das sie früher im Kreis der Familie zu singen pflegten, kam ihm in den Sinn. Oh ja, es war eine grandiose Idee!

Einen Tag vor Heiligabend war das Angebot sehr ausgedünnt, nur noch ein paar Nordmanntannen und Fichten waren übrig; die Blautannen waren ausverkauft, die Kiefern auch. Nein, halt, in der Ecke stand noch ein kleines, zerdrücktes Exemplar.

Hermann machte sich Gedanken über das bevorstehende Fest, während er seinen Restbestand zählte. Zu Hause saß seine Frau allein mit ihrem Besuch. Rosi hatte ihm zwar versichert, dass sie mit allem fertig werden würde, doch er hatte Zweifel. Nicht an seiner Frau, sondern an ihren Gästen. Vielleicht war es keine gute Idee gewesen, seine Verwandten einzuladen. Man musste dazusagen, dass es keine normalen Verwandten waren, sondern welche aus Schottland. Constance war eine entfernte Verwandte von ihm, und im Grunde war es sogar Rosis Idee gewesen, sie einzuladen, weil sie sich so selten sahen. Gut, es hatte wohl auch eine Rolle gespielt, dass Rosi im nächsten Sommer Urlaub in Schottland machen wollte. Aber das war jetzt egal, denn seit

Constance und Angus mit ihren Söhnen Connor und Eddie, Constances Großvater Robert Mackenzie und dessen Enkel Malcolm, der allerdings nicht mit Constance verwandt war, dafür aber einen riesigen Hund namens Scotty besaß, bei ihnen waren, hatten sie quasi das Haus übernommen.

Das Handy klingelte, und Hermann beschloss, den Mann, der gerade die Kiefer beäugte, einen Moment sich selbst zu überlassen. Vielleicht handelte es sich um einen heimischen Notfall.

„Bärchen", sagte seine Frau, wobei sie eigentlich ganz vergnügt klang, „Constance hat gerade vorgeschlagen, wir sollten unser Weihnachtsfest very British feiern. Was meinst du dazu? Ich weiß, wir dachten, wir machen es für sie typisch deutsch, aber sie hat mir so viel von all den Köstlichkeiten erzählt, dass ich das gerne ausprobieren würde."

„Sicher, wenn es dir nicht zu viel Arbeit macht", stimmte Hermann zu.

„Constance und Angus helfen mir. Wir machen Christmas Pudding und Mince Pies, und morgen braten wir einen Truthahn!"

Hermann schüttelte den Kopf. „Einen Truthahn? Wo willst du den jetzt noch auftreiben?"

„Keine Ahnung." Rosi kicherte. „Angus schlug vor, selbst einen zu schießen."

Hermann fragte sich ernsthaft, ob er nicht den Stand schließen und sofort nach Hause fahren sollte. Der Mann, der die Kiefer untersucht hatte, winkte ihn zu sich heran. Hermann nickte zum Zeichen, dass er gleich zu ihm käme.

„Wusstest du, dass Angus ein richtiger Whiskey-Experte ist? Wir haben gerade eine Verkostung gemacht. Es ist erstaunlich, was man da alles rausschmeckt!" Das erklärte, warum Rosi so angeheitert war. „Oh, und wir brauchen Christmas Cracker! Es geht auf keinen Fall ohne!"

„Was soll das sein?"

Rosi kicherte erneut. „Eine Art großes Knallbonbon. Man zieht an beiden Enden, bis es aufplatzt, und dann kommen ein paar Sachen heraus. Ich glaube, ein kleines Spiel oder ein Rätsel und auf jeden Fall eine bunte Krone aus Papier. Jeder bekommt eine und die setzen sich alle auf. Ach, fast hätte ich es vergessen: Geschenke gibt es erst am Fünfundzwanzigsten morgens."

Hermann sah sich und die anderen mit einer albernen Papierkrone auf den Köpfen feierlich am Esstisch sitzen. Es schüttelte ihn.

„Heute Abend machen wir einen Eierpunsch“, fuhr Rosi fort.

„Du, ich muss jetzt auflegen“, unterbrach Hermann und drückte das Gespräch weg. Er musste das alles erst mal verdauen.

Der Mann entschied sich schließlich doch für eine Nordmanntanne. Da sie besonders harzig war, bot Hermann an, etwas Papier darumzuwickeln. Er hatte zufällig eine Zeitung da, weil seine Mutter sie ihm mitgegeben hatte. Sie hatte den Artikel über den Brief eines kleinen Jungen aus einem Kinderheim an das Christkind ausgesprochen rührend gefunden und ihn gedrängt, ihn auch zu lesen. Das hatte er getan, sich aber hauptsächlich gefragt, wo Himmelpfort in Brandenburg lag und wieso der Ort so hieß.

Als der Kunde weg war, klingelte erneut das Handy. Es war wieder Rosi. „Wusstest du, dass die nur einen Plastikbaum haben?“, war das Erste, was sie fragte. Im Hintergrund hörte er Angus und Constance miteinander diskutieren, laute Rockmusik erklang irgendwo in seinem sonst friedlichen Zuhause.

„Was ist das für ein Lärm?“, fragte er besorgt.

„Nichts Schlimmes; die Jungs hören sich Weihnachtslieder an, und Constance und Angus streiten darüber, welche Füllung in den Truthahn soll. Sie haben mir gerade erklärt, dass in die Mince Pies zwar Mincemeat kommt, dass das aber gar kein Fleisch ist. Es ist eine Mischung aus Früchten und schmeckt süß. Man isst das zum Tee. Hättest du das gedacht?“

Nein, das hätte er nicht gedacht, und es war ihm momentan auch ziemlich gleichgültig. „Was macht ihr gerade?“, erkundigte er sich vorsichtig.

„Ich denke, wir machen den Eierpunsch. Constance sagt, es ist besser, man setzt ihn frühzeitig an.“

„Woraus macht man den?“

„Viel Brandy, glaube ich, Milch und Eier.“

Eine Schneeflocke fiel auf Hermanns Nase und blieb liegen. Im Nu schmolz sie und hinterließ einen kitzelnden, nasskalten Fleck. Vielleicht sollte er nach Hause fahren. Rosi war der Situation mit den trinkfreudigen Schotten nicht gewachsen. Als sie sagte, sie wollten später noch in den einzigen Irish Pub weit und breit, stand sein Entschluss fest. Er teilte seiner Frau mit, dass er bald zu Hause sei, und legte auf. Der Schneefall wurde dichter, tatsächlich blieben die Flocken liegen. Man konnte zusehen, wie sich eine dünne weiße Schicht auf den Straßen und Autos bildete; wer eine Mütze trug, hatte schon bald eine kleine Schneehaube auf dem Kopf. Ein junges Paar mit einem kleinen Kind kam, um noch schnell einen Weihnachtsbaum zu kaufen, und Hermann bediente sie mit aller Geduld, doch dann schloss er den Stand und packte seinen Wagen.

Für dieses Jahr war es also vorbei. Er hatte reichlich Bäume verkauft, das Geschäft lohnte sich noch immer. Mit Grauen dachte er daran, dass sich Plastiktannen auch bei ihnen durchsetzen konnten. Es war ihm schon in den letzten Wochen wie eine Ironie vorgekommen, dass ausgerechnet gegenüber dem Platz, wo er seine echten, heimischen Bäume verkaufte, ein Laden solche künstlichen anbot. Man konnte sie gut sehen, denn sie waren bunt geschmückt und mit blinkenden Lichtern behängt, die den ganzen Tag leuchteten. Er fand sie einfach nur hässlich. Obwohl … Es kam ihm auf einmal unheimlich witzig vor, einen dieser Bäume zu kaufen und mit nach Hause zu nehmen. Entschlossen stapfte er zu dem Laden.

Wenig später saß er in seinem Auto und fuhr los Richtung Heimat. Auf der Rückbank lag der Karton mit der künstlichen Tanne, und aus dem Radio erklang ganz passend „Drivin' Home For Christmas". Der Schnee fiel dicht und konstant, und Hermann war froh über seinen Allradantrieb, denn es sah nach rutschigen Straßen aus. Aber wer wollte sich bei einer solchen Aussicht auf weiße Weihnachten schon beschweren? Mit einem kleinen Gebet auf den Lippen schlug er die Richtung zur Autobahn ein.

Mince Pies (ergibt ca. 18-20 Stück)

Zutaten Mincemeat:

350 g säuerliche Äpfel
225 g Rosinen
125 g Korinthen
225 g Sultaninen
100 g Zitronat
225 g brauner Zucker
25 g gehackte Mandeln
225 g Schweineschmalz
Saft und Schale einer unbehandelten Zitrone
2 EL Cognac, Whiskey oder Rum
je 1 Messerspitze gemahlene Nelken, Muskat, Zimt und Piment

Zutaten Mürbeteig:

200 g Mehl
100 g kalte Butter
50 g Zucker
1 Prise Salz
1 Ei

Außerdem:

1 Eiweiß und Zucker zum Bestreuen

Zubereitung:

Äpfel schälen und entkernen, grob hacken und mit den anderen Früchten vermengen. In einer Rührschüssel mit Zucker, Fett, Mandeln, Zitrone und Gewürzen mischen. Zwei bis drei Tage abgedeckt stehen lassen, ab und zu umrühren. Alkohol zugeben, in Gläser füllen und verschließen (hält ca. 6 Wochen).

Mürbeteig zubereiten und ausrollen, Kreise von ca. 8 cm Durchmesser ausstechen. Förmchen damit auslegen und zur Hälfte mit

Mincemeat füllen. Kleinere Kreise als Deckel aus dem Teig ausstechen und auf die Pies legen. Vorsichtig festdrücken. Ein kleines Loch in die Deckel stechen, mit Eiweiß bestreichen und mit Zucker bestreuen. Bei 220 °C (Ober-/Unterhitze) etwa 20 Minuten backen. Mit Schlagsahne servieren.

24. Dezember

Das Land versank unter einer dichten Schicht aus Schnee. Weiße Weihnachten – der Traum aller Kinder und so mancher Erwachsenen. Auch wenn diejenigen, die mit dem Auto fahren mussten, nicht begeistert waren – man konnte sich diesem Zauber kaum entziehen. Die ganze Welt sah auf einmal so weich und rein aus, es war herrlich.

Navid hatte große Lust, einen langen Spaziergang zu machen, aber er hatte noch zu tun. Der Vormittag war in Windeseile vergangen, das letzte Türchen an seinem Adventskalender war geöffnet, das letzte Stück Schokolade gegessen. Auf dem Tisch stand der Adventskranz mit den vier brennenden Kerzen, es duftete nach einem Punsch aus gewürztem Fruchtsaft und nach frisch gebackenen Lebkuchen. Seine Nachbarn hatten ihm ein Lebkuchenhaus geschenkt, es war selbst gemacht und beinahe noch warm. Überhaupt, seine Nachbarn – die nettesten Menschen, die man sich vorstellen konnte. Immer dachten sie an ihn und hatten ihn vor vielen Jahren auch zum ersten Mal in ihre Kirche mitgenommen.

Navid freute sich sehr auf den Abend, denn er würde nicht nur den Gottesdienst besuchen, sondern anschließend in der Gemeinde den Heiligen Abend feiern. Für den ersten Feiertag hatte er seine Nachbarn und einige Freunde eingeladen; er wollte iranisch kochen, ein richtiges Festessen hatte er geplant. Er hatte sogar Geschenke besorgt und einen Weihnachtsbaum. Zwar hatte er sich das mit dem Baum erst am Vortag überlegt, aber er hatte tatsächlich noch ein schönes Exemplar aufgetrieben, das noch auf dem Balkon stand und darauf wartete, geschmückt zu werden. Navid hatte gar nicht viel Weihnachtsschmuck, den er an den Baum hängen konnte, aber er hatte alle, die für den nächsten Tag eingeladen waren, gebeten, eigene Dekoration mitzubringen. So würde der Baum ein Gemeinschaftswerk und damit etwas ganz Besonderes werden.

Trotz all der schönen Pläne fehlte etwas. Im Grunde seines Herzens war Navid sogar tief enttäuscht, auch wenn er versuchte, fröhlich zu sein. Die letzten Wochen hatte er in banger Hoffnung gelebt und sich ständig gefragt, ob Gott seine Gebete erhören würde. Nachdem er am 1. Dezember zum ersten Mal seit sehr langer Zeit wieder mit Gott gesprochen hatte, war jeder Tag eine neue Möglichkeit, eine Gebetserhörung zu erleben. Doch nichts war geschehen. Schon 23 Tage ohne eine Antwort.

Aber vielleicht stimmte das ja gar nicht. Er hatte Antworten bekommen, wenn auch nicht auf seine Bitte. Er hatte Gottesdienste besucht und gespürt, wie Gott zu seinem Herzen sprach. Er hatte jeden Tag gebetet, gehofft und geglaubt. Er hatte einen neuen Weg beschritten, einen Weg, von dem er zu lange abgekommen war. Was auch immer passierte, er würde nicht mehr davon abrücken. Den Neuanfang konnte ihm niemand nehmen. Navid empfand es als ein besonderes Geschenk, dass er gerade an Weihnachten so etwas Großes erlebte, denn dafür war Jesus als Mensch in die Welt gekommen. Navid feierte in diesem Jahr nicht nur die Geburt des Christus, sondern auch seine eigene, denn er fühlte sich wie neugeboren. Aber auch der Schmerz in seinem Herzen war da. Er konnte jetzt allerdings darauf hoffen, dass Gott ihm helfen würde, seine Gefühle auszuhalten, und es beruhigte ihn ein wenig, wenn er Gott immer wieder von der ganzen Situation erzählte.

Navid holte die Tanne vom Balkon ins Wohnzimmer und fing an, das durchweichte Zeitungspapier abzuwickeln. Wie gerne hätte er den Baum seiner Mutter, seiner Schwester und seinem Schwager gezeigt. Ihre drei kleinen Kinder wären sicher begeistert vom Weihnachtsfest und den vielen Lichtern, den Geschenken und der Aufführung der Kinder im Gottesdienst. Bis vor einem halben Jahr hatten sie Verbindung gehabt, und er hatte immer geglaubt, sie würden den Iran verlassen und nach Deutschland kommen, um hier zu leben. Dann war der Kontakt plötzlich abgerissen, alle Nachforschungen, die er angestellt hatte, waren ergebnislos geblieben. Er machte sich die größten Sorgen. Waren sie inhaftiert worden, hatten sie versucht zu fliehen und waren umgebracht worden? Irgendwann musste er einsehen, dass seine eigenen Bemühungen ihn nicht weiterbrachten, und an diesem Punkt hatte er sich auf seinen Glauben besonnen.

Eine kleine Lichterkette befestigte er an den Tannenzweigen, dazu goldfarbene Glaskugeln und Strohsterne, Lametta und ein paar Rentieraufhänger, die er beim Wichteln in der Firma gewonnen hatte. Der Baum sah hübsch aus, wenn auch nicht sehr üppig geschmückt. Navid betrachtete sein Werk und lächelte zufrieden.

Weihnachten war aus irgendeinem Grund wichtig, er wusste nur nicht, weshalb. Doch eines war sicher: Sobald es möglich war, würde er abreisen, um an Ort und Stelle nach seiner Familie zu suchen, auch wenn es lebensgefährlich war. Er konnte nicht länger warten. Es war höchste Zeit, wenn er etwas zur Rettung seiner Familie unternehmen wollte. Weihnachten hatte er sich als Frist gesetzt und hatte dennoch jeden Tag Angst gehabt, zu spät zu kommen, seine Familie für immer verloren zu haben. Er hoffte, dass er jemanden fand, der ihn begleitete, vielleicht jemand von Amnesty International, aber das war alles noch in der Schwebe. Navid sah auf seine Armbanduhr und stellte fest, dass er sich für den Gottesdienst fertig machen musste.

Eine Stunde später war er geduscht und in einen Anzug gekleidet, hatte sogar schon den dunklen Mantel an und einen Schal um den Hals gewickelt. Gerade wollte er seine Handschuhe holen, als ihm das zusammengeknüllte, nasse, mit Harz verklebte Zeitungspapier ins Auge fiel. Es lag noch dort, wo er es vorhin hatte fallen lassen, als er es vom Weihnachtsbaum gewickelt hatte. Er hob es auf und trug es zum Tisch, strich es glatt, damit er es ordentlich falten konnte, sodass es besser in die Altpapiertonne passte. Auf einmal stutzte er. Sein Herz fing an, wild zu schlagen, seine Hände zitterten. Er wurde so schwach, dass er sich setzen musste. Navid schluckte schwer und erschrak selbst vor dem Schluchzen, das aus seiner Kehle kam. Fast blind vor Tränen sah er auf das, was er in den Händen hielt: eine feuchte, klebrige, alte Zeitung vom Vortag, in der sein Weihnachtsbaum eingewickelt war. Doch was ihn so aus der Fassung brachte, war ein kleiner Artikel mit einem Foto. Auf dem Foto waren Menschen abgebildet, die er kannte: seine Schwester, ihr Mann, seine Neffen und Nichte, seine Mutter. Navid wischte sich die Augen trocken und las den Text, der zu dem Bild gehörte. Es war ein kleines Weihnachtswunder, hieß es da, denn die gesamte Familie hatte erst vor wenigen Tagen aus der Gefangenschaft fliehen können und war nun in Deutschland auf der Suche nach dem einzigen Verwandten, der hier lebte. Untergebracht waren sie in einem Asylbewerberheim, und es stand sogar dabei, in welcher Stadt.

Navid war vollkommen durcheinander, schwankte zwischen Unglauben, Freude und wahnwitziger Erleichterung. Es war geschehen! Es war tatsächlich geschehen! Gott hatte seine Gebete erhört, hatte ihm ein Wunder geschenkt. Nicht nur ihm, sondern seiner ganzen Familie. Sein ganzer Körper bebte, er konnte nur dasitzen und die Aufnahme anschauen. Er wusste überhaupt nicht, wie er Gott danken konnte. Seine Worte schienen viel zu wenig zu sein, immer wieder formulierte er im Geist neue Sätze, doch am Ende blieb es dabei: Er konnte nur schlicht und einfach „Danke" sagen und musste das Gefühl akzeptieren, dass es nicht genügend war. Gott würde ihn verstehen.

Er fragte sich, wie Gott es geschafft hatte, dass seine Familie freigekommen war und dass er durch einen durchweichten Zeitungsartikel „zufällig" davon erfahren hatte. Er würde es nie erfahren, aber vielleicht hatte alles angefangen, als er am 1. Dezember zum ersten Mal gebetet hatte. Ja, so mochte es gewesen sein. Der Gedanke gefiel Navid. Vielleicht war ein großes Wunder der Auslöser gewesen, vielleicht aber auch eine Reihe kleiner Wunder. Ein kleines Wunder, das irgendwo stattgefunden hatte, weitergetragen wurde und schließlich zu dem großen Wunder in seinem Wohnzimmer führte.

Allmählich beruhigte sich Navid, wenn auch die übergroße Freude blieb und ihn fast platzen ließ. Der Gottesdienst würde bald beginnen. Er überlegte, ob er bis später warten sollte, doch nein, das konnte er nicht. Selbst wenn er zu spät in die Kirche käme – unter diesen Umständen war das vertretbar. Bebend vor Spannung und voller Vorfreude, die geliebten Stimmen zu hören, ging er zum Telefon. Es würde ein Weihnachten wie kein anderes werden.